수를 놓는 소녀

휴대 전화 카메라로 큐알 코드를 인식시키면
소설 속에 등장하는 자수 기법을 포함해
24가지 자수 기법에 대한 작가님의 해설을
볼 수 있습니다.

수를 놓는 소년

박세영
장편소설

북멘토

차례

수를 놓는 소년

뜨거운 볕이 벌겋게 달아오른 살갗 위에 내리쬐었다. 이마에 송골송골 맺히던 땀이 점점 굵어지더니 물줄기가 되어 줄줄 흘러내렸다. 윤승은 땀을 닦으려고 잠시 허리를 폈다. 그 순간 살을 에는 듯한 아픔이 온몸을 덮쳤다. 채찍이었다.

"헉!"

윤승은 바닥에 무릎을 찧고는 그대로 엎어졌다. 미처 몸을 일으키기도 전에 쇳소리 가득한 만주어가 날아왔다.

"지끔 잔꾀 부릴 거야? 아무짝에도 쓸모없는 비실비실한 놈!"

윤승은 다리에 잔뜩 힘을 주고 가까스로 일어났다. 그것이 부카의 채찍질을 멈추는 유일한 방법이었다. 몽골에서 왔다는 부카는 황소라는 뜻의 이름답게 남들보다 덩치가 두 배는 컸고, 노예들이 고된 노동이 힘에 부쳐 잠깐 숨이라도 돌리려고 하면 어김없이 채찍을 휘둘렀다.

달포 전 윤승이 노예로 팔려 온 첫날, 상인의 집은 정원 공사가 한창이었다. 사람들은 서안(옛 장안)에서 포목 사업을 해 큰돈을 벌었다는 상인을 강 대인이라고 불렀다. 강 대인은 심양(청나라 수도)에 사업을 확장하면서 새로 저택을 짓고 정원을 만들기 위해 노예 여럿을 한꺼번에 샀는데 윤승도 그 무리에 끼어 있었다.

감독관 부카는 새로 온 노예들을 모두 마당 한쪽으로 데려갔다. 그러고는 곡괭이와 삽을 던져 주며 연못 만들 땅을 파라고 했다. 사람들이 하나둘 땅 파는 것을 보고 윤승도 눈치껏 따라 했다. 하지만 요령이 없어 냅다 삽을 땅에 꽂아 넣었고, 단단하게 굳은 땅은 자꾸만 삽을 튕겨 냈다.

힘으로 이겨 낼 수도 없었다. 윤승은 열다섯 살 제 또래보다 키도 한 뼘 이상 작았고, 몇 년 전 피로인(전쟁 중에 사로잡힌 사람으로 관리나 군인이 아닌 보통 사람)으로 끌려오면서 제대로 먹지 못해 몸도 꼬치꼬치 말랐기 때문이다.

윤승은 고개를 푹 숙이고 묵묵히 땅을 팠다. 시간이 흐를수록 채찍에 맞은 자리가 욱신거렸다. 채 아물지 못한 상처는 계속해서 덧났다.

채찍은 아무리 맞아도 적응이 되지 않았다. 적응하지 못하는 것은 몸뿐만이 아니었다. 부카의 채찍은 기억하고 싶지 않은 일들을 떠오르게 했다. 청나라 병사들이 고향 안주를 쑥대밭으로 만들고 부모님을 죽음으로 내몰았던 그날을, 압록강을 앞에 두고 끝내 놓쳐 버린 누나의 얼굴을. 윤승은 아픈 기억을 떨치려고 머리를 흔들었다.

삽을 쥔 손에 다시 힘을 주려는 순간, 어디선가 나비 한 마리가 날아왔다. 손가락 한 마디나 될까 한 작은 날개를 연신 팔랑거리며 나비는 윤승의 얼굴을 맴돌았다.

'넌 원하는 곳은 어디든 아무 데나 갈 수 있어서 좋겠다.'

윤승의 두 눈이 빨려 들어가듯 나비에게로 향했다. 검은 점이 콕콕 박힌 노란 나비는 누나가 즐겨 수놓던 나비와 똑 닮아 있었다. 누나를 잠깐 떠올린 것만으로 윤승의 마음은 방금 파낸 땅처럼 헤집어졌다.

윤승은 나비 쪽으로 걸음을 옮겼다. 멀리서 부카가 당장

자리로 돌아오라고 내지르는 소리가 들렸지만, 몸이 제멋대로 움직였다. 윤승의 시선은 여전히 나비에게 고정되어 있었고 나비를 따라 당장 이곳을 벗어나겠다는 듯 걸음은 점점 빨라지기까지 했다.

때마침 비단옷을 든 여종 아이 하나가 종종걸음 치며 윤승 쪽으로 다가왔다. 나비에 정신이 팔린 윤승은 미처 아이를 보지 못하고 또 한 걸음 내디뎠다.

"악!"

여종 아이가 쿵 하고 윤승과 부딪히더니 중심을 잃고 넘어졌다. 버둥대던 아이가 윤승의 옷자락을 잡아채는 바람에 윤승까지 바닥에 나동그라졌다. 손에서 놓친 삽이 힘없이 바닥에 뒹굴었다.

"아, 아파라."

아이 입에서 생각지도 못한 조선말이 흘러나왔다. 윤승은 놀라 아이를 바로 보았다. 헝클어지긴 했어도 길게 땋아 댕기를 드린 머리는 아이가 조선에서 왔다는 것을 말해 주었다. 어디 모난 돌에 제대로 찧었는지 무릎을 어루만지며 아이는 눈물을 글썽였다. 작지만 초롱초롱한 두 눈이 누나를 떠오르게 했다. 닮았다. 꼬질꼬질 때가 탄 저고리와 치마만 빼고.

엉성하게 듬성듬성 누빈 저고리는 군데군데 뜯어져 솜이 튀어나왔고, 다 해진 치맛단에는 실오라기 몇 가닥이 대롱거렸다. 누나라면 절대 옷을 저렇게 입지는 않았을 텐데. 낡은 옷이라도 깨끗하게 빨아 단정하게 입어야 한다고 엄마한테 배웠으니까. 하지만 심양에 끌려와 겨우 목숨이나 부지하며 사는 자기 차림새도 지금 저 여종 아이와 별로 다르지 않을 터였다.

"네 이놈, 또 일 안 하고 뭐 하는 거야?"

어느새 부카가 바짝 다가와 머리 위로 채찍을 힘껏 들어 올렸다. 커다란 몸이 뒤로 젖혀지자 덩치에 어울리지 않게 가느다란 모양으로 땋아 내린 긴 머리가 파리를 쫓는 황소 꼬리처럼 분주하게 좌우로 흔들렸다.

윤승은 퍼뜩 정신을 차리고 삽을 주워 들었다. 그런데 어찌 된 까닭인지 아이는 자리를 뜨기는커녕 도리어 그 자리에 털썩 주저앉았다. 아이 반응이 너무도 뜻밖이라 부카마저 얼빠진 표정이 되어 채찍 들었던 팔을 툭 떨구었다.

"이를 어째. 마님 옷이 이렇게 더러워졌으니 어쩌면 좋아."

아픈 무릎도 아랑곳하지 않고 아이는 비단옷에 묻은 흙을 먼지가 나도록 열심히 털어 냈다. 그런다고 연분홍색 소맷자락에 생긴 누리끼리한 흙 얼룩이 사라질 리는 없었다.

멀리서 늙은 여종 하나가 팔을 휘적거리며 달려왔다. 쉰은 훌쩍 넘었을 것으로 보이는 여종은 몸집이 퉁퉁했다. 채찍을 든 부카도 신경 쓰지 않던 아이는 늙은 여종을 보더니 손을 파르르 떨었다. 여종은 다짜고짜 두툼한 손으로 아이 등짝을 후려쳤다. 휘청이는 몸을 가누지 못하고 아이는 그대로 바닥에 자빠졌다.

"이런 괘씸한 것! 진씨 부인 방에 옷을 가져다 드리라고 한 게 언젠데, 여기서 대체 뭘 하는 게야?"

비단옷을 품에 끌어안은 채 아이는 눈물만 뚝뚝 흘렸다. 대번에 옷을 낚아챈 늙은 여종은 소맷자락에 묻은 얼룩을 보고 고래고래 소리 질렀다.

"대인께서 하사한 진씨 부인의 비단옷을 더럽혀? 네가 죽고 싶어서 아주 환장했구나!"

"죽, 죽을죄를 지었습니다. 제발 용서해 주세요."

여종 아이가 바닥에 납작 엎드렸다. 대인께서 진씨 부인에게 하사한 비단옷이란 말에 윤승은 보통 옷이 아니란 걸

깨달았다. 등줄기에 식은땀이 흘렀다.

'내가 아이와 부딪히지만 않았어도.'

아이에게 미안했다. 빌고 있는 아이의 작은 몸 위로, 청나라 병사 앞에서 살려 달라고 울부짖던 누나가 겹쳐 보였다.

눈보라 속에서 계속되는 행군에 누나가 몸을 가누지 못하고 넘어질 때마다 청나라 병사들은 채찍을 휘둘렀다. 그런데도 윤승은 누나를 위해 아무것도 하지 못했다. 누나 쪽으로 한 걸음 걸어가기도 전에 윤승을 향해 또 다른 채찍이 날아왔기 때문이다.

윤승은 여종 아이가 제 누나라도 되는 양 속이 끓었지만 도울 방법이 없었다. 아니, 부카가 또다시 채찍을 내려칠까 봐 겁이 나서 아무것도 보지 못한 척 그저 땅 파는 시늉만 했다.

무자비하게 아이를 때리던 늙은 여종은 팔에 힘이 빠졌는지 잠시 매질을 멈추었고 씩씩거리며 주위를 둘러보았다. 여종은 부카 오른손에 들린 채찍을 보더니 한쪽 입가를 실룩였다.

"흥, 이 정도 벌로 끝낼 수 없지. 감독관, 이리 와서 이 아이를 단단히 혼내게. 벌주는 건 자네가 이 집에서 제일이지 않은가.”

아까 마저 다 못 한 채찍질이 못내 아쉬웠던 걸까? 부카의 눈이 번득였다.

‘어떻게든 막아야 해. 채찍으로 저 아이를 때리는 것만은 막아야 해!’

윤승은 부르짖었다. 그러나 오직 자신만 들을 수 있는 가슴속 외침일 뿐이었다. 부카가 성큼성큼 아이를 향해 걸어갔다. ‘안 돼!’ 윤승은 자기도 모르게 무릎걸음으로 아이 옆으로 가서 감당하지 못할 말을 내뱉었다.

“제가 옷을 고쳐 보겠습니다.”

옆에서 무슨 일이 벌어지든 말든 땅 파는 일에서 눈을 떼지 않던 노예들까지 난데없는 윤승의 말에 고개를 바짝 들었다.

“이놈! 넌 얼른 땅이나 파!”

부카가 윤승의 등을 채찍으로 내리쳤다. 등이 욱신거리다 못해 화끈거렸다. 윤승은 고통에 몸부림치며 바닥을 뒹굴었다.

“잠깐 기다려 보시오.”

늙은 여종이 부카를 가로막자 부카가 한 걸음 물러났다.

여종은 언짢은 기색을 숨기지 않고 윤승을 다그쳤다.

"네놈이 무슨 수로 얼룩을 없앤다는 것이냐? 지금 이 비단옷을 빨아 오기라도 하겠다는 말이냐? 부인께선 당장 이 옷을 입고 나가셔야 한단 말이다."

"제가…… 옷에 수를 놓아 얼룩을 가려 보겠……."

목소리가 자꾸 갈라져 윤승은 말을 멈추고 마른침을 삼켰다.

눈에 칼을 세우고 윽박지르던 여종의 얼굴이 갑자기 부드러워졌다. 무슨 일인가 싶어 당황한 윤승의 등 뒤에서 청나라 비단옷을 입은 여자가 나타났다. 여자는 윤승에게 눈길조차 주지 않고 늙은 여종에게 말했다.

"외출할 때 입을 옷을 가져오라 이른 지 한참이 지났는데, 도 어멈은 여기서 뭘 하는가?"

"아이고, 부인. 어찌 여기까지 나오셨습니까? 아직 공사가 한창이라 위험하니 어서 들어가시지요."

부인이라고 불리기에는 무척 앳돼 보이는 얼굴이었다.

"오시(오전 열한 시부터 오후 한 시까지를 이름)가 지나도록 여기서 뭘 하느냔 말이다."

"이 아이가 부인의 비단옷을 떨어뜨려 더럽혔습니다. 제가 단단히 혼을 낼 테니 염려 마시옵소서. 다만 옷에 생긴 얼룩을 지울 수가 없어서……."

"됐으니 그냥 가지고 오게."

진씨 부인이 늙은 여종의 말을 단호하게 잘랐다.

윤승은 가슴이 덜컥 내려앉았다. 이제 아이는 어떻게 되는 걸까? 이 진씨 부인이란 사람에게 매달려 볼까? 아니야, 그러면 부카가 날 가만두지 않을 거야. 그렇다고 이대로 모른 척 지나치면 늙은 여종이 아이에게 무슨 짓을 할지 모른다.

아이 얼굴은 온통 눈물범벅이었다. 그 눈망울이 생사도 알 수 없는 누나의 얼굴을 떠오르게 했다. 누나를 지켜 주지 못했다는 죄책감에 마음이 괴롭다가 곧이어 억울한 생각이 들었고 속에서 화가 솟구쳤다.

내가 뭘 잘못했기에 심양까지 끌려와서 노예로 살아야 하는 걸까? 저 여종 아이는 또 어떻고? 채찍에 맞은 상처 때문인지 솟아오르는 울분 때문인지 알 수 없는 눈물이 터졌고, 내친김에 속에 있던 말이 쏟아져 나왔다.

"부인, 이 아이 잘못이 아닙니다. 저 때문에 아이가 넘어진 것이니 아이를 용서해 주십시오."

윤승은 사정했다. 진씨 부인은 그런 윤승을 본체만체 대꾸도 없이 돌아섰다. 마음이 급해진 윤승이 진씨 부인을 뒤쫓았다. 부카가 번개같이 달려와 윤승의 뒷덜미를 움켜잡았다. 숨이 막혀 캑캑거리면서도 윤승은 제발 용서해 달라고 외쳤다.

"제발요! 제발 아이만이라도 살려 주세요."

자기도 모르게 조선말이 튀어나왔다. 진씨 부인이 갑자기 걸음을 멈추고 고개를 돌렸다.

"조선에서 왔느냐?"

예상치 못한 질문에 윤승은 대답할 생각도 못 하고 그저 눈만 끔벅였다.

"아이를 살려 달라니, 그게 무슨 말이냐? 이 아이 대신 네가 채찍이라도 맞겠다는 것이냐?"

여자의 깊이 팬 두 눈은 매서웠고 목소리에는 위엄이 서려 있었다. 그 기세에 눌려 부카가 엉겁결에 윤승을 잡고 있던 손을 놓았다. 윤승이 기어들어 가는 목소리로 대답했다.

"무슨 벌이든 받겠습니다."

죽음을 부를 수도 있는 대답이었지만 막상 말을 내뱉고 보니 이렇게 사느니 차라리 죽는 게 낫겠다는 생각이 들었다. 그러자 속에서 알 수 없는 용기가 생겨났다. 윤승은 한 마디 덧붙였다.

"제가 비단옷에 수를 놓아 얼룩을 지우겠습니다."

"뭐? 네가 무슨 재주로 수를 놓는단 말이냐?"

진씨 부인이 야멸치게 쏘아붙였다. 그러고는 아무 말도 하지 않고 그 자리에 가만히 서서 윤승을 내려다보았다. 윤승은 고개를 숙이고 입을 꾹 닫았다. 진씨 부인이 무슨 말이라도 해 주길 빌었다. 수놓을 기회를 준다고 말하기를, 수가 마음에 들어서 아이를 용서한다고 말하기를 속으로 빌고 또 빌기를 수십 번, 몇 번을 빌었는지조차 더는 셀 수 없게 되었을 즈음 진씨 부인이 물었다.

"수를 배운 적이 있느냐?"

"고향 안주에서 최 진사 댁 침모(남의 집 바느질을 맡아 하고 일정한 품값을 받는 사람)인 어머니를 도와 수를 놓았습니다."

"안주 최 진사 댁 침모라……."

무슨 말을 하려다 말고 생각에 잠긴 진씨 부인은 결심한 듯 크게 숨을 내쉬었다.

"만일 옷에 손을 댔다가 조금이라도 실수하면, 그때는 더 큰 벌을 내릴 것이다. 그래도 하겠느냐?"

"실과 바늘만 주시면 해 보겠습니다."

진씨 부인이 눈짓하자 도 어멈은 여종 아이에게 비단옷을 주고 황급히 자리를 떴다. 뒤이어 아이가 비단옷을 윤승에게 건넸다. 윤승은 비단옷을 받아 들고 주위를 살피다 연못을 꾸미려 가져다 놓은 너른 바위 위에 비단옷을 살포시 내려놓았다.

연분홍빛의 고운 비단이었다. 아무런 문양이 없어 소맷자락에 묻은 누런 얼룩이 눈에 더 띄었다. 윤승은 얼룩진 부분을 조심스럽게 매만졌다. 마치 붓 대신 손가락으로 그 위에 밑그림이라도 그리듯이.

도 어멈이 실꾸리 여러 개가 든 바구니를 가져왔다. 참 오랜만에 잡아 보는 바늘이었다. 윤승은 노란색 실을 한 가닥 잘라 바늘귀에 넣었다. 그런데 실이 구멍에 꿰어지지 않고 바늘에 부딪힌 뒤 허공을 맴돌았다. 몇 번을 다시 해도 마찬가지였다. 윤승은 당황해서 자기 손을 내려다보았다. 물집이 터졌다 아문 자국으로 가득했다. 손가락 마디마디가 굵어졌고 손끝도 뭉툭했다. 노예로 살면서 너무나 달라져 버린 손이 낯설었다. 손가락이 뻣뻣하게 굳어 버린 기분이었다.

'정신 차리자. 실수하면 나도 저 아이도 끝장이야.'

윤승은 집중해서 다시 실을 바늘에 꿨다. 일단 바늘이 천 위에서 움직이기 시작하자 마음이 조금 차분해졌다.

윤승이 쥔 바늘이 비단옷 위를 오르락내리락하자, 나비의 날개가 서서히 그 모습을 드러냈다. 윤승은 황토색 실을 다시 바늘에 꿨다. 바늘이 새롭게 지나간 자리마다 날개에 음영이 생겼다. 팔랑거리며 당장이라도 날갯짓을 할 것 같았다.

윤승은 검은색 실을 꺼내 실을 반으로 풀어냈다. 그중 한 올을 둘로 나눈 뒤 각각 빔(왼쪽 또는 오른쪽으로 실을 꼬아 주는 것)을 먹였다. 둘을 다시 합쳐 반대 방향으로 빔을 주자 가느다란 꼰사(명주실을 꼬아 만든 실)가 뚝딱 완성되었다.

검은색 꼰사는 순식간에 나비 날개의 점박이 문양으로, 두 개의 더듬이로, 눈으로 변했다. 한동안 부지런히 움직이던 윤승의 손이 멈추었다. 마침내 누런 얼룩은 사라지고 비단옷 위에 나비 두 마리가 날아다녔다.

"야아!"

여종 아이가 숨기지 않고 탄성을 질렀다. 둥그렇게 서서 윤승이 무엇을 하나 보던 노예들의 입도, 심지어 부카의 입

마저 크게 벌어졌다.

"제법이구나."

진씨 부인이 칭찬했다. 도 어멈도 한껏 누그러진 얼굴로 말을 거들었다.

"이게 다 부인의 너그러운 마음 덕분 아니겠습니까? 조그만 남자아이가 이리 수를 잘 놓을 줄 누가 알았겠습니까?"

진씨 부인은 도 어멈의 말에는 대꾸도 안 하고 윤승에게 말했다.

"이왕 시작한 것, 왼쪽 소매에도 수를 놓아 마무리해라."

목소리가 조금 전보다 부드러웠다. 윤승은 대답 대신 고개를 끄덕이고 다시 바늘에 노란 실을 뀄다. 그러면서 자신이 수놓은 나비 두 마리를 흘끗 보았다. 검은 점이 콕콕 박힌 앙증맞은 노란 나비는 누나가 즐겨 수놓던 것이었다. 나비들이 팔랑팔랑 날갯짓하며 윤승의 마음속에 파고들었다.

처음에는 그저 아픈 누나 대신 어머니를 돕기 위해 실을 잡았다. 하지만 시간이 지날수록 바느질이, 특히 수를 놓는 게 즐거웠다. 현실이 아무리 고되고 힘들어도 색색의 실만 있으면 아름다운 세상이 펼쳐지는 것이 좋았다.

대대로 침모를 한 어머니 재능을 물려받았는지 윤승은 수를 놓는 데 뛰어난 재주를 보였다. 한번 수놓은 것은 밑그림이 없어도 똑같이 재현했고 색을 다루는 감각도 뛰어났다. 무엇보다 손놀림이 빨랐다. 본격적으로 어머니를 돕기 시작한 뒤로는 어머니도 윤승의 속도를 따라잡지 못할 정도였다.

윤승이 수를 놓는 일이 잦아질수록 어머니는 점점 못마땅한 얼굴을 했다. 남자아이가 할 일이 아니라는 것이었다. 아비가 장사하러 다니느라 집에 없어 남자답게 크지 못한다고, 사람들이 손가락질할 거라 했다.

그럴 때마다 윤승은 그게 뭐 대수냐며 대들었다. 어차피 농사지을 땅도 없고, 몸이 아픈 누나 대신 어머니를 도와 바느질을 하면 삯도 더 많이 받을 수 있지 않냐며 툴툴거렸다. 어머니도 결국 더는 말리지 못하고 윤승의 뜻대로 내버려 두었다.

왼쪽 소매에 마지막 나비를 수놓은 윤승이 두 땀을 징근 후 실을 잘라 냈다.

"다 되었습니다."

도 어멈이 비단옷을 받아 들었다.

“애썼다.”

진씨 부인이 돌아서자 도 어멈과 여종 아이가 뒤를 따랐다. 아이 발걸음이 나비 날갯짓처럼 가벼웠다. 수놓는 재주로 곤경에 빠진 아이를 도왔다는 생각에 윤승은 어쩐지 뿌듯한 기분이 들었다.

해가 뉘엿뉘엿 넘어갈 즈음이 되어서야 땅파기 일이 끝났다. 며칠 안으로 연못에 물이 채워지고 잉어가 헤엄을 칠 거라고 했다.

부카는 윤승이 소란을 일으킨 벌이라며 저녁밥을 주지 않았다. 얼마 안 되는 양이지만 그마저도 먹을 수 없다고 생각하니 몹시 허기가 졌다.

‘내가 괜한 짓을 했을까?’

혼자 숙소로 돌아가면서 윤승은 속으로 중얼거렸다. 진씨 부인에게 인정받아 잠시나마 벅찼던 기분은 어느새 날아가 버리고, 이 일로 부카에게 더 큰 미움을 산 것 같아 두렵기만 했다.

윤승이 숙소 문을 열고 들어가려 할 때였다. 아까 그 여종 아이가 쭈뼛거리며 다가오더니 국수 한 그릇을 내밀었다.

"낮에는 정말 고마웠습니다. 이거 드세요."

놀란 것도 잠시, 윤승은 그릇을 받아 들고 들이켜다시피 허겁지겁 국수를 먹었다. 제대로 된 음식을 먹은 것이 얼마만인지 기억조차 나지 않았다. 잘 먹었다며 그릇을 돌려주자 아이가 조심스럽게 입을 열었다.

"진씨 부인은 나비 자수를 무척 마음에 들어 하셨어요. 그런데……."

"그런데, 뭐?"

"태 부인, 그러니까 큰 마님이 이 일을 아시고 진씨 부인을 불러 크게 혼을 내셨어요. 그런 데다 나리께서 그 이야기를 알고 태 부인에게 화를 내시는 바람에 한바탕 난리가 났어요."

"태 부인이라니? 그게 무슨 말이야? 천천히 다시 말해 봐."

윤승은 어쩐지 너무 앳돼 보이던 진씨 부인의 얼굴을 떠올렸다.

"태 부인은 이 집 주인이신 강 대인의 첫째 부인이에요. 진씨 부인은 둘째 부인이고요. 태 부인은 진씨 부인을 첩이라고 대놓고 무시해요. 게다가 오늘 일을 어떻게 아셨는지 저를 쫓아내지 않았다고, 집안 질서를 엉망으로 만들었다며 엄청 화를 내셨어요."

서러운 기분이 들었는지 여종 아이의 눈시울이 붉어졌다.

"하필이면 그때 대인께서 돌아오셔서 그 광경을 다 보셨지 뭐예요. 나리는 조선에서 온 진씨 부인이 청나라 예절을 잘 모르는 건 당연하다, 한 번만 더 진씨 부인을 함부로 대하면 가만두지 않겠다고 태 부인을 나무라셨어요."

"역시…… 진씨 부인도 조선 사람이었구나."

"예, 조선에서 높은 양반의 딸이었대요. 청나라 병사들한테 끌려와서 첩으로 팔려 온 거예요."

윤승은 마음이 복잡했다. 여종 아이뿐만 아니라 진씨 부인도 자기처럼 조선에서부터 끌려왔다니. 오늘 진씨 부인이 수를 놓으라고 허락한 것은 제발 아이를 살려 달라고 자기도 모르게 내뱉은 그 조선말 때문이었을까?

솜씨를 부려 여종 아이를 도왔다고 기뻐했는데 도리어 진씨 부인과 여종 아이를 곤란하게 만든 건 아닐까?

"인제 그만 들어가자."

윤승이 힘없는 목소리로 말했다. 아이가 윤승을 따라 일어섰다. 앞장서 걸어가는데 자꾸만 다리가 휘청거렸다.

살길을 열어 줄 비단실

이른 아침부터 짙게 깔렸던 안개가 서서히 걷히고 곧 해가 떠올랐다. 노예들이 하나둘 일어나며 주변이 어수선한데도 윤승은 자리에서 뒤척였다. 채찍에 맞은 자리가 여전히 욱신거리고 온몸에 기운이 하나도 없었다.

누군가 방문을 두드렸다. 노예 하나가 문을 열자 여종 아이가 고개를 빠끔 내밀었다.

"어제 진씨 부인 옷에 수를 놓은 오라버니를 만나러 왔어요."

그 소리에 윤승은 자리에서 벌떡 일어났다. 무슨 문제라도 생긴 걸까? 걱정한 것과 달리 윤승을 찾은 아이의 얼굴은 환했다.

"진씨 부인께서 오라버니를 데려오라고 하셨어요."

좋은 일이니 안심하라는 표정이었다. 윤승은 진씨 부인이 자신을 찾는다는 아이 말을 그대로 부카에게 전했다. 못마땅하게 일그러진 부카의 얼굴과 호기심 어린 눈을 한 노예들을 뒤로하고 윤승은 진씨 부인의 처소로 달려갔다.

진씨 부인의 방에서는 달콤하고 좋은 향기가 났다. 윤승이 예를 갖추자 차를 마시던 진씨 부인이 웃으며 말했다.

"이렇게 좋은 솜씨를 가지고도 몸에 맞지 않는 험한 일만 했구나. 그동안 얼마나 고생스러웠느냐."

진씨 부인은 나비가 수놓인 소맷자락을 몇 번이고 부드럽게 쓸어내렸다. 고개를 숙이고 서 있던 윤승은 갑작스러운 칭찬에 얼굴을 붉혔다.

"누나에 비하면 제 솜씨는 변변치 못합니다."

"그래? 그러면 누나는……?"

진씨 부인이 끝말을 흐렸지만 윤승은 뒷말을 짐작할 수 있었다. 누나는 살아 있느냐고 물어보고 싶었던 거다. 윤승은 조용히 고개를 가로저었다. 진씨 부인은 안타까운 얼굴을 했다가 곧 엷은 미소를 지었다. 같은 처지인 사람이 건

네는 위로였다. 어제는 상상도 할 수 없던 다정한 얼굴로.

"네 솜씨가 변변치 않다니? 아주 훌륭한 솜씨야. 게다가 어제 보니 만주어를 곧잘 하더구나. 누구에게 말을 배웠느냐?"

"처음 청나라 장군 댁에 팔려 갔을 때 조선인 아저씨가 말을 가르쳐 주었습니다."

"그래? 노예가 되었다고 낙심하지 않고 만주족 말까지 배웠다니 기특하구나. 나와 있을 때는 편하게 조선말을 쓰려무나. 그건 그렇고."

진씨 부인은 자세를 고쳐 앉았다. 진짜 하고 싶은 말은 이제부터인 모양이었다.

"저택 공사가 끝난 기념으로 내일 태 부인이 큰 연회를 여신다. 심양에 있는 귀족 부인이 모두 참석한다니 태 부인도 차림새에 신경을 많이 쓰실 거야. 그래서 말인데, 내가 어제 대인께 받은 비단에 네가 수를 놓아 태 부인께 선물을 만들어 드렸으면 한다."

"옷을…… 지으라는 말씀이십니까?"

"수를 놓아 옷까지 짓기에는 시간이 바특하지. 차라리 영건(목을 감싸고 어깨를 덮어 앞으로 길게 늘어뜨리는 흰 천)을 만드는 것이 어떻겠느냐? 청나라는 군사력은 막강하나 문화

수준은 대국(명나라)보다 뒤처져 있다. 네 솜씨가 대국의 장인 못지않으니 태 부인도 분명 네가 수놓은 걸 마음에 들어 하실 거야."

윤승은 뭐라 대답해야 할지 몰라 잠자코 듣고만 있었다.

"만약 태 부인이 네 솜씨를 마음에 들어 하면 앞으로 이 집안에서 살아가야 하는 나에게, 또 내 시중을 들어야 하는 너에게도 이로운 일이 아니겠느냐?"

윤승은 선뜻 대답하지 못하고 머뭇거렸다. 부카가 꼼짝 못하는 진씨 부인보다 더 높은 사람이 태 부인이다. 이런 부잣집 큰 마님이 나 같은 조선 아이가 놓은 수를 마음에 들어 할까? 자칫 실수라도 하면, 큰 벌을 받게 되지는 않을까? 그런 윤승의 마음을 들여다본 듯 진씨 부인이 먼저 입을 열었다.

"일을 그르칠까 염려되느냐? 그럴 것 없다. 정 불안하거든 네 솜씨를 알아본 내 눈을 믿어라."

그 말에 윤승은 어쩐지 마음 한곳이 저릿해졌고 덕분에 용기를 내어 물었다.

"그러면 혹시 비단실을 구할 수 있습니까?"

"그렇지. 제대로 수를 놓으려면 아무래도 여러 가지 색실이 필요하겠구나. 은자를 넉넉히 줄 테니 도 어멈과 함께 시장에 가서 필요한 건 무엇이든 사 오너라."

"제가 집 밖에 나가도 되나요?"

윤승은 노예로 팔려 온 뒤 한 번도 강 대인의 집 밖으로 나간 적이 없었다. 도리어 진씨 부인이 당연하지 않냐는 얼굴로 말했다.

"더 미룰 것도 없지. 지금 당장 다녀오너라. 네가 사 올 비단실이 우리에게 살길을 열어 주면 좋겠구나."

윤승은 허리를 깊이 숙인 다음 밖으로 물러났다. 함께 밖으로 나온 여종 아이가 도 어멈을 불러오겠다며 안채로 종종걸음을 놓았다.

아이가 돌아오길 기다리던 윤승은 새끼손가락만 한 길이의 작은 나뭇가지를 하나 주워 들었다. 그리고 마당 한쪽에 쭈그려 앉아 땅바닥에 그림을 그리기 시작했다.

'석류를 수놓을까? 아니다. 큰 마님이니 아무래도 장수를 뜻하는 복숭아가 낫겠지. 아니야, 어쩌면 부귀영화를 상징하는 모란을 더 좋아하실지도 몰라.'

고개를 처박고 그림을 그렸다 지우기를 반복할 때 눈앞에 커다란 그림자가 나타났다. 곧이어 그림자 속에서 발 하나가 불쑥 튀어나와 이제 막 완성한 모란꽃 한 귀퉁이를 뭉개 버렸다. 고개를 들어 보니 도 어멈이었다. 도 어멈은 손에 든 바구니를 윤승의 발 앞에 툭 던졌다.

"뭘 꾸물대고 있어? 어서 따라와."

윤승은 얼른 바구니를 주워 들고 도 어멈을 뒤쫓았다. 정원 한구석에 길게 이어진 흙길을 따라 걸었다. 그 흙길 끝에 쪽문이 하나 있었다. 쪽문을 열고 나가자 양옆으로 높은 회색 벽돌담이 둘러싼 골목길이 나왔다. 골목을 니은 자로 크게 돌아 나온 곳에 강 대인 집 정문이 당당히 서 있었다.

정문 앞에는 부리부리한 눈을 한 네 발 달린 동물의 조각상 한 쌍이, 그 뒤로 하늘로 쭉 뻗은 붉은 기둥 네 개가 서 있고, 형형색색의 단청이 네 개의 기둥 위를 가로질렀다. 높이 솟은 용마루 아래에는 한자가 적힌 커다란 현판이 달렸는데, 아마도 강 대인의 집이라는 뜻 같았다. 밖에서 보니 저택은 더 크고 으리으리했다. 거들먹거리는 조선의 양반 댁마저 초라해 보일 정도로.

심양은 크고 화려한 도시였다. 그 모습에 압도되어 윤승은 연신 사방을 두리번거렸다. 머리로는 도 어멈을 따라가야지 생각하면서도 눈이 자꾸 다른 곳을 향했다.

잘 닦인 대로 위로 요란한 말발굽 소리를 내며 커다란

마차 한 대가 지나갔다. 윤승은 깜짝 놀라 몸을 홱 돌렸다. 그 바람에 마주 오던 사람과 어깨를 부딪혀 그 자리에서 넘어지고 말았다. 다시 일어나 앞을 보았을 땐 이미 도 어멈이 시야에서 사라진 뒤였다.

윤승은 그제야 정신이 바짝 들었다. 커다란 마차와 사람들 사이를 요리조리 피하며 부지런히 발을 놀렸다. 다행히 큰길 저 앞에 팔을 휘적이며 걸어가는 도 어멈의 뒷모습이 보였다. 윤승이 없어진 줄도 모르는지 아니면 따라오든 말든 상관없다는 것인지, 도 어멈은 오로지 앞만 보고 걸었다.

가까스로 도 어멈을 따라잡은 곳은 시장 앞이었다. 입구부터 상인들이 외치는 소리에 귀가 어지러웠다.

"손님, 전병 하나 드시고 가세요!"

"따끈따끈한 만두 사세요, 만두!"

자글자글 기름에 부쳐 낸 전병 냄새, 막 쪄 낸 만두 냄새가 콧속을 스쳤다. 윤승은 저도 모르게 자꾸만 돌아가는 고개를 억지로 붙잡아야 했다. 간신히 먹거리를 파는 장사치들 틈을 빠져나오니 이번에는 가판대에 놓인 화려한 자수품이 눈을 홀렸다.

"부인, 새로 나온 이 향낭 좀 보고 가시지요!"

거무튀튀한 얼굴에 수염이 하얗게 센 노인이 눈웃음을 흘리며 도 어멈을 재촉했다. 하지만 도 어멈은 눈길 한번 주지 않고 또 한참을 걸었다.

'도대체 얼마나 더 가야 하지?'

그런 궁금증이 밀려올 즈음, 도 어멈이 오른쪽 골목으로 들어갔다. 골목 왼편 이 층짜리 건물 창 아래로 알록달록한 비단이 바람에 펄럭였다.

가게 안에는 어머니와 딸로 보이는 귀부인들이 옷감을 고르고 있었다. 젊은 상인 하나가 둘둘 말린 비단을 꺼내 보여 주며 "청나라 어딜 가도 이런 비단은 없어요." 하고 목소리를 높였다. 젊은 상인의 등 너머로, 작은 출입구에 늘어진 주렴을 손으로 걷으며 제법 나이가 들어 보이는 상인이 나왔다. 도 어멈이 가볍게 손을 흔들었다.

"주인장, 그동안 잘 지내셨는가?"

"아이고, 도 어멈 오셨습니까? 태 부인은 강녕하시지요?"

가게 주인은 태 부인과 잘 아는 사이인지 태 부인을 들먹이며 도 어멈을 크게 반겼다.

"물론 태 부인은 잘 계시다네. 오늘은 둘째 부인이신 진 씨 부인 명으로 왔으니, 여기 이 아이에게 비단실을 좀 보여 주게.”

가게 주인은 어째서 이런 남자아이가 비단실을 사러 왔는지 궁금한 얼굴로 윤승을 위아래로 훑어보았다. 그러고는 가게 한가운데 놓인 커다란 책상 서랍을 열었다. 주인의 손을 따라 윤승의 시선도 내려갔다. 서랍 안에는 아주 얇은 비단이 깔려 있고, 가지런히 정리된 색색의 비단실 뭉치가 가득했다. 색깔별로 옅은 것에서 진한 것까지 그 수가 수십 가지는 되어 보였다.

이렇게 많은 비단실을 파는 곳이 있다니. 고향에도 누에를 치고 명주실을 뽑아내는 집은 여럿 있었지만, 이토록 다양한 색으로 물들인 비단실을 보는 것은 처음이었다.

“필요한 색이 뭔가?”

“제가 필요한 색은…….”

윤승은 대답을 하려다 말았다. 분명히 머릿속에는 수놓을 그림이 들어 있는데 막상 수십 가지나 되는 실을 보니 이것도 필요해 보이고 저것도 필요해 보였기 때문이다. 윤승이 망설이자 가게 주인이 재차 물었다.

“말만 하면 꺼내서 보여 주겠네. 자, 보게. 똑같이 홍화(국화과의 두해살이풀로 잇꽃이라고도 함)로 염색한 붉은색 실도 진

하고 옅은 정도가 이렇게 다양하다네. 그러니 자세히 보고 골라야 할 걸세."

실타래를 뒤적이는 주인은 못내 만족스런 표정이었다. 마침내 윤승이 침을 꿀꺽 삼키고 대답했다.

"다, 전부 다 보고 싶어요."

주인은 잠시 어이없다는 얼굴을 했지만 곧 실 꾸러미를 모두 꺼내 책상 위에 올려놓았다. 그런 뒤 주렴을 걷고 안으로 들어가더니 찻주전자를 들고 다시 나왔다.

"도 어멈, 저 아이는 시간이 좀 필요해 보이니 그동안 저랑 차나 한잔하시지요."

"잘됐네. 마침 긴히 할 말도 있고……."

도 어멈이 말꼬리를 흐리며 가게 한쪽 구석에 있는 동그란 탁자에 앉았다. 두 사람은 이런저런 이야기를 나누는가 싶더니 금세 목소리가 커졌다. 그러다가 손바닥으로 탁자를 치며 허허 웃기까지 했다.

두 사람의 관심이 자신에게서 멀어지자 윤승은 마음이 한결 편했다. 그래서 조심스럽게 실을 들어 만졌다. 비단실은 아름답기만 한 게 아니라 손을 타고 부드럽게 흘러내리는 감촉도 좋았다.

'여기 있는 실만 있으면 표현하지 못할 자수가 없을 거야.'

윤승은 무엇이든 만들어 보고 싶다는 강렬한 생각에 사로잡혔다. 한 땀 한 땀 수놓을 때의 기쁨을 맘껏 누려 보고 싶었다. 몇 해 전, 남희 아씨의 활옷(혼례 때 신부가 입는 예복)에 수를 놓았을 때처럼.

갑자기 윤승의 가슴이 콩닥콩닥 뛰기 시작했다.

최 진사 댁 큰딸인 남희 아씨의 혼삿날이 잡혔을 때 어머니는 가장 먼저 수선할 활옷을 집으로 가져왔다. 윤승이 활옷을 바닥에 펼치자 어머니가 침착하게 안감과 겉감을 확인했다. 옷감은 별로 상한 곳이 없어 그럭저럭 그대로 쓸 만했다.

문제는 앞뒤로 수를 놓은 부분이었다. 어찌 된 까닭인지 노사(왜가리) 한 쌍을 수놓은 자리에 커다란 얼룩이 있었다. 게다가 자련수(길고 짧은 땀을 번갈아 놓아 농담이나 명암을 표현하는 기법)로 놓은 모란도 영 윤승의 마음에 들지 않았다.

"표현이 거친 데다가 모란의 화려함과는 거리가 멀잖아요."

윤승이 투덜거리자 어머니도 고개를 끄덕였다. 그러나

모란을 뜯고 수를 새로 놓겠다는 윤승을 어머니는 한사코 말렸다. 활옷 안에 입을 저고리와 치마, 또 이불 따위도 만들어야 하고 무엇보다 진사 댁에서 받아 온 비단실의 가짓수가 많지 않았기 때문이다.

윤승은 할 수 있다고 계속 고집을 부렸고 기어코 모란 수를 뜯어냈다. 새로 수를 놓을 땐 꽃잎 가장자리에 짙은 붉은색 대신 보색에 가까운 청록색 실로 수를 놓았다. 그랬더니 꽃이 더 화사해 보였다. 또 다른 꽃에는 붉은색과 청록색 실을 꼬아 만든 꼰사를 사용했다. 이렇게 꼰 실은 조금 떨어져서 보면 마치 자색처럼 보였고 꽃에 입체감을 더해 주었다. 윤승은 밤이 새는 줄도 모르고 등잔불 아래서 실을 꼬고 수를 놓았다.

윤승이 고쳐 온 활옷을 받은 남희 아씨는 어린애처럼 벙싯대고 웃었다. 아씨의 활옷은 아름답기가 선녀 옷 같았다고, 옆 마을까지 한동안 소문이 자자했다.

'그때처럼 정성을 쏟으면 잘 해낼 수 있을 거야. 진씨 부인도 그렇게 말씀하셨잖아.'

윤승은 마음을 다잡았다. 실을 어루만지는 동안 마음 한쪽을 짓누르던 걱정도 봄눈 녹듯 사라졌다.

고른다고 골랐는데도 실의 가짓수는 점점 늘어났고, 이번에는 은자가 모자라면 어쩌나 하는 걱정이 고개를 쳐들었다. 윤승은 자기도 모르게 도 어멈의 얼굴을 힐끗거렸다.

바로 그때, 도 어멈이 목소리를 잔뜩 낮추고 주인장에게 뭐라고 속삭이는 소리가 들려왔다. 무슨 일이기에 저러나 싶어 저절로 귀가 쫑긋 섰다. 목소리가 너무 작아 알아듣기 어려웠다.

잠시 후, 주인장이 자리에서 일어나 비단 두루마리가 층층이 쌓여 있는 벽장 쪽으로 걸어갔다. 뭘 찾는지 한참 동안 허리를 숙이고 문짝 안을 뒤적거렸다. 그 모습을 물끄러미 쳐다보는데 윤승의 시선을 느꼈는지 주인장이 문득 뒤를 돌아보았다. 윤승은 당황했다. 자연스럽게 웃으려 했지만 도리어 입꼬리가 굳어 버렸고, 어색한 표정을 감추려 다급히 고개를 숙였다.

주인장이 에헴, 헛기침하며 윤승에게 다가왔다.

"필요한 실은 다 골랐는가?"

"예."

주인장은 윤승이 고른 실을 실 꾸러미에서 조금씩 덜었다. 손이 여러 번 왔다 갔다 하더니 바구니가 금세 그득해졌다.

"빠진 건 없는지 꼼꼼히 확인해."

도 어멈의 잔소리에 윤승은 내내 지켜보았던 바구니를 괜히 다시 한번 들춰었다. 그러는 사이 도 어멈은 몇 냥이냐 묻지도 않고 은자가 든 주머니를 통째로 주인에게 건넸다. 윤승은 은자가 모자랄까 걱정했던 자신이 우스꽝스럽게 느껴졌다. 실을 더 고를 걸 그랬나 아쉬운 마음마저 들었다.

그런데 이상한 일이었다. 이번에는 주인장이 도 어멈에게 무언가를 건네는 것이 아닌가. 흰 천에 싸여 있어 안에 무엇이 들었는지는 보이지 않았다. 아마도 아까 벽장을 뒤져 꺼냈던 물건인 것 같았다. 도 어멈은 재빨리 그것을 품에 넣고 주인장을 향해 고개를 살짝 끄덕이더니 그대로 밖으로 나가 버렸다. 그 바람에 윤승은 미처 생각할 겨를도 없이 인사도 하는 둥 마는 둥 실 바구니를 들고 가게를 뛰쳐나와야 했다.

한번 지나온 길이라 그런지 집으로 돌아가는 길은 아까처럼 멀게 느껴지지 않았다. 시장을 빠져나와 얼마 걷지도 않은 것 같은데, 벌써 강 대인 집 높다란 용마루가 눈에 들어왔다. 골목길에 들어서자 쪽문 옆에서 여종 아이가 바장이다가 도 어멈을 보고 허리를 굽혔다.

"진씨 부인께서 오라버니를 별채 옆 건물에 데려다주라고 하셨어요."

도 어멈은 귀찮다는 듯이 고갯짓을 하고 안으로 들어갔다. 도 어멈이 멀어지자 아이가 곧바로 윤승의 손을 잡아끌었다.

"별채는 진씨 부인 처소에서 멀지 않아요. 그 별채에 딸린 건물이 하나 있는데, 지금은 창고로 쓰고 있어요. 거기서 수를 놓으라고 하셨어요."

윤승은 알았다는 얼굴로 고개를 끄덕였다.

"시장에서는 뭘 팔던가요? 신기한 게 많아요?"

아이는 시장에 다녀온 윤승이 무척 부러운 모양이었다.

"고향에서 열리는 장터보다 사람이 훨씬 많았고, 향낭처럼 귀한 자수품도 팔아서 놀랐어. 처음 보는 음식도 많았는데 옆에 지나갈 때 엄청 맛있는 냄새가 나더라. 먹어 보지는 못했지만 말이야."

윤승이 시장에서 본 먹음직한 음식들을 이야기하자 아이는 입술에 침까지 바르며 입맛을 다셨다. 그 표정이 어찌

나 간절해 보이던지 돈 한 푼 없는 자기 처지가 그렇게 아쉬울 수가 없었다.

걷는 내내 쉴 새 없이 조잘대던 아이는 진씨 부인 처소 앞에서 걸음을 멈췄다. 처소 옆 키 작은 소나무 뒤로 기와지붕을 얹은 단층 건물이 보였다.

"저기 별채 보이죠? 저 별채 뒤에 딸린 건물이에요. 먼저 가 있으시면 제가 얼른 진씨 부인께서 챙겨 주신 물건을 가지고 갈게요."

아이에게 살짝 웃어 보인 윤승은 혼자 별채 쪽으로 걸어갔다. 별채에 딸린 것 치고는 창고가 제법 컸다. 아이가 말한 대로 창고 안에는 정원 공사에 쓰이고 남은 목재며, 먼 지방에서 어렵게 구해 왔다는 석재가 잔뜩 쌓여 있었다. 일꾼들이 쓰던 도구도 여기저기 바닥에 굴러다녔다.

그런 건 아무래도 상관없었다. 윤승은 이 창고가 사람들이 별로 드나들지 않는 외진 곳에 있어 좋았다. 무엇보다 창고 벽을 따라 죽 이어진 창 안으로 따뜻한 볕이 쏟아져 들어오는 게 마음에 쏙 들었다.

'창 아래 책상을 가져다 놓으면 수놓기에 그만이겠어.'

윤승은 성큼성큼 걸어가서 책상 한쪽을 들었다. 책상은

보기보다 꽤 무거웠다. 한참을 낑낑거린 끝에 책상을 창 아래까지 끌고 왔다. 나무에서 반질반질 윤이 났다. 때마침 여종 아이가 들어와 윤승에게 보따리를 하나 내밀었다.

"수놓을 때 필요할 거라고 진씨 부인이 챙겨 주셨어요. 더 필요한 게 있으면 뭐든 말하라 하셨고요."

보자기를 열어 보니 광목천, 가위, 바늘, 세필, 작은 벼루 따위가 들어 있었다. 제일 아래에는 기름 먹인 종이로 여러 번 둘러싼 고운 흰색 비단이 있었다.

"나리가 부인에게 주신 비단이에요. 최고급 비단이라고 하셨어요."

아이가 부러운 얼굴을 하고 손으로 비단을 쓸어내렸다.

분명 본인 옷을 지어 입으라고 준 것인데 태 부인의 눈치를 봐야 하는 진씨 부인이 조금 안쓰러웠다. 물론 노예로 끌려온 자기나 여종 아이에 비하면 훨씬 나은 처지였지만.

조선군이 전쟁에서 청나라를 물리쳤다면 모든 게 달라졌을 텐데. 그러면 심양에 노예로 끌려오는 일 따위 없었을 것이다. 마을을 약탈하러 온 청나라 병사들에게 아버지와 어머니가 철퇴를 맞고 개죽음 당하지도, 압록강 앞에서 누나와 생이별하지도 않았을 것이다.

'아, 이러고 있을 때가 아니야. 비단실이 우리가 살길이라고 하셨어.'

조급해진 윤승이 자리에서 벌떡 일어났다. 그러고는 창고에 있던 목재 중 쓸만한 것들을 골라 수틀을 만들기 시작했다. 여종 아이가 이따 주먹밥을 가지고 오겠다며 밖으로 나갔다.

윤승은 수틀을 마저 완성한 다음, 먹을 갈아 수본(수놓을 도안을 기름종이 위에 그린 것)을 만들었다. 머릿속으로 수도 없이 그렸다 지웠던 모란과 나비를 기름종이 위에 거침없이 그려 나갔다. 연녹색 가루를 묻힌 붓으로 뒷면에 문양을 하나씩 베끼고, 뾰족하게 간 나뭇가지로 콕콕 찍었다. 비단에 가루가 묻어나며 밑그림이 옮겨졌다. 윤승은 비단을 수틀에 팽팽하게 고정했다.

'이제 수만 잘 놓으면 돼.'

윤승은 크게 숨을 내쉬고 책상 앞에 앉았다. 실을 뽑아 쓰기 좋게 비단실을 적당한 길이로 잘라 꼬임을 주고 끝을 묶었다. 실을 정리하고 있는데 처음 보는 나무 실패가 눈에 들어왔다. 실패에 감긴 금색 실이 햇살을 받아 반짝거렸다.

'금색 실? 금사는 산 적이 없는데?'

윤승은 고개를 갸웃했다. 아무리 생각해도 알 수가 없었다.

'혹시 내가 일하는 동안 진씨 부인이 사람을 시켜 넣어 둔 걸까?'

윤승은 여종 아이가 그새 또 다녀갔나 싶어 밖을 살폈다. 건물 주위를 한 바퀴 돌아보아도 아무런 흔적이 보이지 않았다.

문득 비단 가게 주인이 도 어멈에게 주었던 흰 천에 쌓인 물건이 머릿속에 스쳤다. 그러나 그 물건은 이 실패처럼 불룩한 모양이 아니었다. 게다가 도 어멈이 자기를 위해 금사를 몰래 바구니에 넣었을 것 같지도 않았다.

그래도 한번 확인하는 게 좋지 않을까? 윤승은 나무 실패를 들고 자리에서 일어났다가 곧바로 다시 주저앉았다. 괜히 물어봤다가 도 어멈이 금사를 쓰지 못하게 하면 그야 말로 낭패라는 생각이 들었기 때문이다.

'모란과 나비를 수놓은 다음에 가장자리에 금사를 빙 둘러 징그면 정말 예쁠 것 같은데…….'

조선은 왕실에서만 금사를 쓴다. 하지만 심양에 와서 보니 청나라는 조선과 비교도 안 될 만큼 크고 부유하다. 황실뿐만 아니라 귀족들도 금사를 자유롭게 쓸지 모른다. 그러고 보니 아까 길에서 금사로 수놓은 옷을 입은 청나라 사람을 본 것도 같다. 당연히 강 대인 같은 부잣집은 말할 것도 없겠지.

여기까지 생각이 미치자 이제는 금사를 꼭 써야만 제대로 수를 완성할 수 있을 것 같은 기분이 들었다.

'금사로 더 아름다운 수를 놓으면, 태 부인도 틀림없이 좋아하실 거야.'

윤승은 어느새 확신에 사로잡혔다. 금사로 징금수(금사와 은사 또는 굵은 실을 천 위에 고정시키는 기법)를 놓아 본 적은 없었지만, 색실은 많이 징거 봤으니 금사로도 충분히 할 수 있을 터였다.

'훔친 것도 아닌데, 뭘.'

금사가 감긴 나무 실패를 실 바구니에 도로 넣은 윤승은 이파리를 수놓을 초록색 실을 바늘에 뀄다. 머릿속에는 벌써 모란과 나비를 완성하고 가장자리를 금사로 징그고 있었다.

금사가 불러온 불행

윤승은 주먹밥 하나를 입에 쑤셔 넣고 우걱우걱 씹었다. 여종 아이는 말도 없이 주먹밥을 담은 바구니를 문 옆에 얌전히 두고 가 버렸다. 고맙다는 인사도 못 한 것이 못내 미안했지만 지금은 자리를 뜰 수 있는 상황이 아니었다.

'내일 새벽까지는 수를 다 놓아야 해. 영건은 목에 두르는 거라 바느질이 간단하니까 동틀 무렵까지 수를 완성하면 충분히 끝낼 수 있을 거야.'

오전 내내 이파리와 나비는 수를 다 놓았다. 그러나 아직 제일 중요한 모란꽃과 나무줄기가 남았다. 윤승은 연신 입을 우물거리며 마지막 주먹밥 한 조각을 꿀꺽 삼켰다. 그러고는 연분홍색 실을 바늘에 꿰어 꽃잎 수놓을 자리에 찔러 넣었다.

'모란을 수놓을 땐 자련수만 한 게 없어.' 누나의 나긋나긋한 목소리가 귓가에 조용히 울렸다.

"모란은 크고 풍성하잖아. 꽃잎도 많고. 그러니 색의 농담으로 밝고 어두움을 표현할 수 있고 입체감을 살릴 수 있는 자련수가 제일이지."

"꼭 붓으로 그린 그림 같아."

윤승은 누나의 자련수를 바라보며 감탄했다. 누나가 수놓은 모란은 농담의 변화가 자연스러울 뿐만 아니라 수의 결이 고왔다.

"너는 나보다 훨씬 빨리 늘었는걸. 게다가 그림도 잘 그리잖아. 지금처럼만 하면 앞으로 조선에서 너보다 솜씨 좋은 사람은 없을 거야."

누나가 씩 웃으며 말했다. 애써 웃고 있었지만 얼굴에는 그늘이 드리웠다.

누나가 시름시름 앓기 시작한 것은 일 년 전쯤이었다. 무엇을 잘못 먹었는지 온종일 뒷간을 들락거리던 누나는 그날 밤부터 온몸이 펄펄 끓었다. 다음 날 의원을 불러오고 온갖 약을 지어 먹였지만 아무 차도가 없었다.

그렇게 꼬박 닷새를 앓고 난 뒤, 누나는 거짓말처럼 일어났다. 하지만 예전처럼 생기 있는 모습이 아니었다. 윤승이 누나 몫을 대신하겠다고 마음먹은 것도 그때부터였다.

보름이 지났을 무렵 외가에서 심부름꾼이 왔다. 심부름꾼이 주고 간 보따리를 풀자 관복이 한 벌 나왔다. 흉배(조선 시대 관복의 가슴과 등에 붙인 헝겊 조각으로, 호랑이나 학 등 품계를 표시하는 수를 놓았음)를 떼어 낸 것으로 보아 어느 양반집에서 외할머니에게 수선을 맡긴 것이었다.

"외할머니가 또 몸져누우셨다는구나. 내일까지 반드시 끝내야 한다고 해서 일단 놓고 가라고 하긴 했다만 이걸 어쩌면 좋을지……."

어머니가 긴 한숨을 쉬었다. 그러자 누나가 어머니를 쳐다보며 몹시 미안한 표정을 지었다. 몸이 아파 가장 속상한 사람은 누나라는 것을 잘 알았기에 윤승은 나서지 않을 도리가 없었다.

"제가 도울게요."

어머니의 눈썹이 바짝 치켜 올라갔다.

"또 쓸데없는 소리! 네가 무슨 수로, 그것도 흉배에 수를 놓는단 말이냐."

윤승은 시켜만 주면 자기도 할 수 있다고 말하려 했다. 순간 누나가 윤승에게 눈짓했다. 가만히 있으라는 뜻이었다. 그 때문에 윤승은 달싹거리는 입을 다물고 기다렸다. 누나가 입을 열었다.

"어머니, 한 달 전에 최 진사 댁에서 맡긴 향낭이요. 실은 그거…… 윤승이가 수놓은 거예요."

"뭐?"

"그날 어머니가 외할머니 댁에 가시고 제가 수를 마무리하고 있었는데, 힘들어서 도저히 앉아 있을 수 없었어요. 그래서 윤승이가 대신 수를 놓았어요."

어머니는 기가 막힌다는 표정으로 누나와 윤승을 번갈아 보았다.

"그럼 네가 아픈 후로 내가 없을 땐 전부 윤승이가 수를 놓았단 말이냐?"

"전부는 아니에요."

윤승이 재깍 대답했다. 어쩐지 전부라고 하면 어머니의 화를 더 돋울 것 같았다.

"제가 힘들어 하니 도우려던 거예요. 처음엔 제가 기법도 알려 주고 색실도 골라 줬지만 이젠 윤승이가 저보다 나아요.”

어머니가 손으로 방바닥을 탕탕 내리쳤다.

“잘하고 못하고 문제가 아니야! 남자는 남자가 할 일이 있다고 몇 번을 이야기하지 않았느냐. 아버지가 아시면 어쩌려고 이러는 게야?”

“내일이면 일을 맡긴 양반 댁에서 사람이 갈 텐데, 제가 돕지 않으면 외할머니가 곤란해지실 거 아니에요? 아버지는 장사 때문에 집에 자주 오시지도 않잖아요.”

윤승이 맹랑하게 대들자 어머니가 자리에서 벌떡 일어났다.

“그래도 이 녀석이! 매를 들어야 정신을 차리겠구나!”

어머니는 주먹을 불끈 쥔 채 회초리를 찾으려고 방을 두리번거렸다. 누나가 끙, 소리를 내며 힘겹게 몸을 일으켰다. 그 소리에 놀란 어머니가 누나를 돌아보았다.

“윤승이 나무라지 마세요. 제가 수를 놓지 못하니까 그런 거잖아요. 저 때문이라고요.”

누나의 퀭한 두 눈에 눈물이 그렁그렁했다. 어머니는 그런 누나 때문에 차마 윤승을 어쩌지 못했다.

윤승은 어머니 눈치를 살피다 흉배 하나를 자기 앞으로 끌어당기고, 수선할 부분의 실을 조심스레 뜯어냈다.

"저놈이 대체 뭐가 되려고 저러는지……."

어머니는 혀를 차며 어쩔 수 없다는 듯 남은 흉배를 가져다 일을 시작했다.

그 후로도 어머니는 남자는 수를 놓는 게 아니라며 툭하면 윤승을 나무랐다. 그래도 좋았다. 어머니, 누나와 오손도손 모여 바늘을 그러쥐고 일할 때면 세상에 부러울 게 없었다. 비록 쉬지 않고 일해도 먹을 거라곤 보리밥에 삶은 토란이 전부였어도, 가족과 함께 살던 때가 그리웠다.

윤승은 자기도 모르는 사이 눈에 고인 눈물을 얼른 훔쳐 내고 슬픔에서 빠져나왔다. 비단 위에 눈물이 떨어져 얼룩이라도 지면 살길을 찾기는커녕 일을 크게 망치게 될 테니까.

윤승은 꽃잎의 갈라진 부분에 기준이 되는 땀의 왼쪽 면을 채웠다. 짧게, 길게, 다시 짧게, 그리고 길게. 땀의 길이에 변화를 주며 부지런히 손을 놀렸다. 그런 뒤 좀 더 진한 분홍색 실을 꿨다. 누나를 향한 그리움이 깊어지듯 연분홍에서 진분홍빛으로 꽃잎의 빛깔도 짙어졌다.

꽃잎이 한 장씩 비단실로 채워지고, 서서히 입체감이 드러나면서 모란꽃에 생기가 감돌았다. 꽃이 모두 완성될 때까지 윤승은 단 한 번도 자리에서 일어나지 않고 오롯이 수놓는 일에만 집중했다.

해가 서서히 서쪽으로 기우는 듯하더니 순식간에 어둠이 찾아왔다. 윤승은 그제야 몸을 일으켜 등잔불을 밝혔다. 손가락을 펴자 마디마디가 저렸다. 윤승은 잠시 창을 등지고 서서 열 손가락을 굽혔다 펴기를 반복했다. 짙은 소나무향이 바람에 실려 왔다. 머리가 맑아지는 기분이었다.

윤승은 자리에 앉아 주황빛이 도는 실을 한 가닥 뽑았다. 평수(넓은 면을 메우는 기법)로 나무줄기를 수놓았다. 한 가닥, 그리고 또 한 가닥. 같은 동작을 끝없이 반복하며 나무줄기를 채워 갔다. 줄기의 마지막 부분까지 남김없이.

윤승은 거기서 손을 멈추지 않았다. 이번엔 남색 실을 갈라 가느다란 꼰사를 여러 가닥 만들었다. 나무줄기의 껍질은 사선 평수(대각선 방향으로 놓는 평수)로, 이파리로 이어지는 가는 나뭇가지와 외곽선은 이음수(바늘땀을 겹쳐 가며 선을 표현하는 기법)로 수놓았다.

마침내 윤승이 바늘을 내려놓고 깊은숨을 내쉬었다.

'이제 금사를 징그는 일만 남았어.'

바구니 안에서 금사가 감긴 나무 실패를 집어 들자, 가슴이 두근거렸다. 윤승은 금사를 적당한 길이로 자른 다음 징그는 실로 금사를 고정했다. 금박이 벗겨질까 봐 동작 하나하나가 조심스러웠다. 모란 꽃잎 가장자리를 둘러 가며 일정한 간격으로 금사를 징겄다. 특히 바깥쪽에 달린 꽃잎에는 금사를 한 바퀴 돌려 징거 주었다. 그렇게 하면 꽃잎 끝에 물방울이 맺힌 것처럼 싱그러운 느낌이 들었다.

윤승은 모란꽃을 모두 금사로 징근 후, 끝점에 남긴 금사를 힘 있게 천 아래로 잡아당기고 적당한 길이로 잘라 냈다. 마지막으로 뒷면의 실밥까지 꼼꼼히 정리했다.

'해냈다.'

시간 안에 끝냈다는 안도감에 윤승은 몸을 의자에 기대고 팔을 쭉 뻗었다. 열린 창 사이로 바람이 오갈 때마다 등잔불이 흔들리며 그림자가 일렁였다. 잠깐 그 모습을 보고 있으니 이제껏 참았던 졸음이 한꺼번에 몰려왔다. 윤승은 수틀을 한쪽으로 밀어 놓고 책상에 엎드렸다. 그러고는 순식간에 잠에 빠져들었다.

희뿌연 새벽빛이 윤승의 얼굴을 비추었다. 창밖에서 새 울음소리가 어지러이 날아들었다. 왜 저리 시끄럽게 구는 거야. 윤승은 속으로 짜증을 내다가 화들짝 놀라 일어났다.

'아직 할 일이 남았는데. 하마터면 날이 밝은 줄도 모르고 내처 잘 뻔했어.'

윤승은 가슴을 쓸어내렸다. 방금까지 짜증이 났던 새소리가 이제는 고마웠다. 얼른 옷매무시를 가다듬은 윤승은 수틀을 들고 진씨 부인 처소로 달려갔다.

이른 아침인데도 진씨 부인은 마당에 나와 꽃나무들을 둘러보고 있었다. 시중을 들던 여종 아이가 윤승을 발견하고 진씨 부인에게 아뢰었다.

"간밤에 안녕하셨습니까."

윤승이 공손하게 인사를 올렸다.

"천에 김을 쐬러 날이 밝자마자 달려왔구나."

진씨 부인이 단박에 알아차린 것을 보고 윤승은 조용히 수틀을 내밀었다.

"용케 시간을 딱 맞췄어. 애썼다."

그런데 활짝 웃으며 수틀을 받아 든 진씨 부인의 얼굴이 순간 일그러지더니 한동안 말을 잇지 못했다. 윤승은 무엇이 잘못되었는지 알 수가 없어 어리둥절했다.

"이, 이 금색 실은 어디서 난 것이냐?"

금색 실이란 말에 윤승이 눈을 크게 떴다. 윤승의 답은 하나도 중요하지 않다는 듯이 진씨 부인은 계속 다그쳤다.

"금사는 오직 황실에서만 쓸 수 있다는 걸 몰랐느냐? 조선에서도 금사는 왕실에서만 사용하는 게 아니더냐!"

진씨 부인의 호통에 윤승은 그 자리에 얼어붙었다.

"아니지, 이럴 때가 아니야. 누가 봤을까 무섭구나. 이걸 치우거라. 어서!"

여종 아이가 수틀을 받아 들고 처소 안쪽으로 뛰어가려 할 때였다.

언제 왔는지 늙은 여종 하나가 성큼성큼 아이에게 다가가 수틀을 빼앗아 들었다. 그 우악스러운 몸짓에 아이가 몸의 중심을 잃고 휘청거렸다. 곧이어 도 어멈이 또 다른 여종 하나를 데리고 진씨 부인 앞으로 다가왔다. 진씨 부인이 떨떠름한 표정으로 말했다.

"이른 아침부터 도 어멈이 여긴 무슨 일인가?"

"태 부인께서 부인이 선물을 준비했다는 소문을 들으시고 궁금하다며 저를 보내셨습니다. 몇 시간 후면 연회가 시작되는데 준비는 다 되셨겠지요?"

"선물은…… 아직 준비가 덜 되었네. 태 부인께 조금만
더 기다려 달라고 말씀드리게."

도 어멈이 고개를 돌려 늙은 여종을 불렀다. 늙은 여종이
다가와서 조금 전 아이에게 빼앗은 수틀을 내밀었다. 아주
짧은 순간이었지만 수틀을 받아 든 도 어멈의 얼굴에 잔잔
한 비웃음이 돌았다.

"이걸 태 부인께 선물로 드리려던 것 아닙니까? 여기 이
아이가 수는 벌써 다 놓았네요. 아니…… 부인, 이건 금사
가 아닙니까?"

도 어멈은 순식간에 낯빛을 바꾸고 수틀을 흔들며 윤승
에게 소리를 질렀다.

"네 이놈! 태 부인께 드릴 선물에, 황실에서만 쓸 수 있는
금사를 썼단 말이냐! 금사는 아무 데서나 구할 수도 없는
데, 어디서 훔쳤는지 바른대로 말하지 못해?"

"훔, 훔치지 않았습니다! 그리고 저, 저는……."

윤승은 간신히 입을 열었지만 목소리가 바르르 떨려 제
대로 대답할 수가 없었다. 도 어멈이 진씨 부인 쪽으로 몸
을 돌렸다.

"부인, 이 일은 그냥 넘길 수가 없습니다. 태 부인께 드릴 선물에 감히 금사를 쓰다니요. 게다가 황제께서는 몸소 검소한 생활을 하시며 귀족들의 사치를 일절 금하고 있습니다. 부인은 그걸 몰랐단 말입니까?"

"그게 아니라……."

도 어멈은 진씨 부인이 말을 채 마치기도 전에 또 따지고 들었다.

"그럼 무어란 말입니까? 이렇게 금사로 수놓은 영건을 선물하면 태 부인께서 황제의 명을 어겼다는 말이 금세 새어 나갈 텐데요? 당장 이 아이를 끌고 가서 곤장을 치고, 어찌하여 태 부인께 화가 될 일을 꾸몄는지 소상히 밝혀내야 합니다."

"잠, 잠깐 기다리게!"

당황한 진씨 부인이 도 어멈을 불러 세웠지만 도 어멈은 진씨 부인의 말을 귓등으로 흘렸다. 그러고는 수틀이 무슨 전리품이라도 되는 양 옆구리에 끼고 기세등등하게 돌아섰다. 며칠 전 진씨 부인에게 굽신대던 모습은 온데간데없었다.

늙은 여종 둘이 다가와 윤승의 양팔을 하나씩 붙잡았다.

윤승은 끌려가지 않으려 온몸에 힘을 주고 버텼다.

"부인! 아니에요. 저는 정말 아무것도 훔치지 않았어요. 뭔가 잘못된 거라고요. 제발 살려 주세요!"

윤승이 아무리 불러도 진씨 부인은 멍하니 하늘만 볼 뿐이었다. 아무 소리도 들리지 않고, 아무것도 보이지 않는 사람처럼. 윤승은 어쩔 수 없이 도 어멈에게 매달렸다.

"도 어멈은 저랑 같이 가게에 계셨잖아요. 저는 비단실만 골랐을 뿐이에요. 금실을 훔치지도 않았고 무슨 일을 꾸미지도 않았어요!"

"흥! 네가 그렇게 당당하면 태 부인 앞에서 그리 말해 보아라! 결국 네 죄를 인정하지 않고는 못 배길 것이다!"

도 어멈은 그렇게 쏘아붙이며 윤승의 등을 떠밀었다. 늙은 여종들이 윤승을 끌어냈다. 윤승은 여종들의 손길을 뿌리치려고 발버둥 쳤다. 가까스로 뒤를 잠깐 돌아보니, 늘 기품 있고 당당하던 진씨 부인이 땅바닥에 힘없이 주저앉아 있었다. 윤승은 진씨 부인이 말했던, 우리가 살길이라는 것이 전부 사라졌음을 깨달았다.

윤승은 더 반항하지 않고 순순히 끌려갔다. 태 부인 앞에 가면 어떻게 되는지 물어볼까 하는 생각이 잠깐 들었지만 그만두었다. 미리 알아봤자 나아질 것도 하나 없을 터였다.

윤승은 여종들이 이끄는 대로 기다란 회색 벽돌 담장을 따라 걸었다. 테두리를 붉게 칠한 둥근 중문을 세 개 지난 뒤에야 비로소 안채가 나왔다. 화려한 단청을 올린 건물 아래 붉은색 의자가 보였다. 여종들이 그 의자가 정면으로 보이는 땅바닥에 윤승을 무릎 꿇렸다. 곧이어 도 어멈이 건물 안으로 들어갔다.

'난 어떻게 되는 걸까?'

윤승의 머릿속에 조선인 남자아이 하나가 떠올랐다. 천신만고 끝에 심양에 도착한 뒤 가장 먼저 청나라 장군 집에 노예로 팔려 갔을 때 본 아이였다. 발에 걸린 동상이 낫지 않아 제대로 걷지도 못하던 아이는 채찍에 맞아 쓰러진 뒤 다시 일어나지 못했다. 한족(예로부터 중국 본토에서 살아온 민족)도 노예로 사고파는 만주인들에게는 조선인, 그것도 아이 목숨은 파리 목숨만도 못했다.

'나라고 뭐가 다르겠어?'

순간, 지금 도망치지 않으면 여기서 죽을지도 모른다는 생각이 들었다. 마당에는 아무도 없다. 하지만 문을 지나가면 그 너머에 누가 있을지 모른다. 만일 부카와 마주치면 그런 낭패가 없을 것이다. 저 높은 벽돌담을 넘어 도망치는 일도 불가능하다. 윤승이 이러지도 저러지도 못하는 동안 안채에서 태 부인이 도 어멈의 시중을 받으며 걸어 나왔다.

희끗거리는 머리를 곱게 빗어 화려한 머리 장식으로 고정한 것이 눈에 띄었다. 알알이 박힌 보석은 언뜻 보아도 수십 개는 되어 보였다. 황제의 명령으로 사치를 금하고 검소한 생활을 해야 한다더니 다 거짓말인가 싶었다. 태 부인은 느릿느릿한 걸음으로 와서 의자에 앉았다.

"네가 무슨 죄를 지었는지 아느냐?"

태 부인의 목소리는 마당 안에 있는 공기를 모조리 잡아당겨 윤승의 몸을 짓누르는 것처럼 무겁고 낮았다. 윤승은 자기도 모르게 몸을 옹송그렸다.

'사실을 말하면 내 말을 믿어 줄까?'

아니다. 도 어멈도, 심지어 진씨 부인도 들으려 하지 않았던 자기 말을 태 부인이 들어줄 리가 없다. 윤승이 대답하지 않자 태 부인이 다시 입을 열었다.

"네가 이 수를 놓은 게 맞느냐?"

"예."

윤승의 목소리가 바들바들 떨렸다.

"네가 이 금사를 훔쳤느냐?"

"아닙니다. 저는 정말 모르는 일입니다. 금사가 바구니에 있어서 썼을 뿐입니다."

간신히 말을 토해 내고 숨을 몰아쉬었지만, 숨통은 도리어 더 조여 왔다.

"나는 네 말을 믿는다."

태 부인이 자리에서 일어나더니 윤승에게 다가왔다. 예상치 못한 반응에 윤승은 자기도 모르게 태 부인을 쳐다보았다. 태 부인이 몸을 구부려 윤승의 앞에 얼굴을 바짝 들이밀었다. 눈가에는 주름이 자글거렸지만 눈빛만은 윤승의 생각을 꿰뚫을 듯 날카로웠다.

"너처럼 천한 것이 이런 귀한 실을 어떻게 훔치겠느냐? 금사를 어디서 구하는지도 모를 텐데 말이다. 생각이 짧은 도 어멈이 단단히 착각한 게지."

태 부인이 내 말을 믿어 주는 건가? 실낱같은 희망을 품고 윤승은 열심히 고개를 끄덕였다. 누명만 벗을 수 있다면 천한 것이라 무시당해도 상관없었다. 금사를 훔친 도둑으로 취급받아 죽는 것보단 나으니까. 윤승을 바라보던 태 부인의 한쪽 입꼬리가 올라갔다.

"필시 나를 곤경에 빠트리려고 진씨 부인이 이런 일을 꾸민 게야. 너는 그저 이용당했을 뿐이고. 그렇지 않으냐?"

"예?"

윤승은 충격을 받아 숨이 멎을 것만 같았다.

"아, 아니에요! 진씨 부인은 그런 분이……."

윤승이 울먹거리며 부인하자 태 부인이 윤승의 말을 가로챘다.

"아니라니? 진씨 부인이 아니라면, 네가 나를 모함하려고 혼자 이런 일을 꾸미고 금사를 훔쳤다는 말이냐?"

결백을 밝히려던 것뿐인데 엉뚱하게 진씨 부인에게 불똥이 튀었다.

"진씨 부인이 시킨 일이라고 실토하면 내 특별히 너를 매질하지 않으마."

어쩌다 이런 일이 벌어졌을까? 태 부인이 도대체 왜 자기에게 그런 말을 강요하는지 윤승은 이해가 되지 않았다. 태 부인의 의중을 모르니 뭘 어찌해야 이 상황을 바로잡을지 알 수조차 없었다.

'저는 그저 수를 잘 놓아서 태 부인께 영건을 만들어 드리려 했을 뿐입니다. 진씨 부인도 살고, 저도 살길이라고

해서 수를 놓았을 뿐이라고요!'

말은 입 밖으로 나가지 못하고 거꾸로 안으로 삼켜졌다. 잠자코 윤승의 대답을 기다리던 태 부인이 윤승을 쏘아보며 말했다.

"네놈이 매를 버는구나. 어디, 맞고도 그렇게 버틸 수 있는지 보자."

태 부인이 손가락을 까딱하자 등 뒤에서 커다란 그림자가 다가왔다. 곧이어 우악스러운 손이 윤승의 뒷덜미를 움켜쥐었다. 익숙한 느낌, 부카였다. 부카는 윤승을 마당 한쪽으로 휙 집어 던졌다.

바닥을 구르던 윤승의 입에서 신음이 흘러나왔다. 그냥 다 포기하고 태 부인 말이 다 맞다 말하고 싶었다. 그 순간 진씨 부인의 얼굴이 떠올랐다. 진씨 부인의 얼굴은 여종 아이의 얼굴이 되었다가 다시 누나의 얼굴로 변했다. 누나도 심양에서 여종 아이처럼, 아니면 진씨 부인처럼 지내고 있을지 모른다.

윤승은 눈을 질끈 감았다. 부카는 조금도 망설이지 않고 곧장 채찍을 휘둘렀다. 윤승은 몸을 버둥거렸지만 넓은 마당 어디에도 채찍을 피할 곳은 없었다. 할 수 있는 일이라고는 고작 양팔로 얼굴을 감싸고 왼쪽으로 또 오른쪽으로 구르는 것뿐이었다.

윤승은 맞고 또 맞았다. 채찍에 맞은 자리가 불에 타는 듯했다. 뼛속까지 욱신거리는 통증이 온몸 구석구석까지 덮쳤다. 얼굴은 눈물과 콧물로, 채찍에 맞은 상처에서 흐르는 피로, 바닥을 뒹굴다 묻은 흙으로 뒤범벅이 되었다.

어느 때쯤부터 앞이 잘 보이지 않았다. 정신도 점점 몽롱해졌다. 뒤이어 타는 냄새가 났다. 치솟는 검은 연기 사이로 설핏 도 어멈이 보였다. 도 어멈은 손에 나무 막대를 쥐고 있었다. 나무 막대 끝에 불에 타다 만 천 쪼가리가 나풀거렸다. 윤승이 수놓은 비단이었다.

'아! 이제 정말 끝이구나.'

윤승은 밤새워 놓은 수가 불에 타는 모습을 바라보다 끝내 정신을 잃었다.

심양관의 조선인 노예들

윤승은 이상한 느낌에 눈을 번쩍 떴다. 가만히 누운 채 고개를 돌려 보았지만 주변이 칠흑같이 어두워 아무것도 보이지 않았다. 추위 때문에 뻣뻣하게 굳은 오른손을 힘겹게 펴서 바닥을 더듬었다. 얼음장처럼 차가운 것이 손에 닿았다. 윤승은 깜짝 놀라 발로 바닥을 차면서 몸을 힘껏 뒤로 밀어냈다.

일어나서 보니 어젯밤 윤승의 옆에서 잠든 아저씨가 누워 있었다. 아저씨를 슬쩍 흔들었지만 아무런 반응이 없었다. 윤승이 흔드는 대로 몸이 이리저리 움직였다. 죽은 거야? 갑자기 몸에 오소소 소름이 돋았다.

윤승은 얼른 반대편을 돌아봤다. 다행히 누나는 몸을 웅크린 채 잠들어 있었다. 자면서도 자꾸 끙끙 앓는 소리를 냈다. 윤승은 차갑게 얼어붙은 누나의 손발을 열심히 문질렀다.

그리고 일각(15분)쯤 되었을까? 무슨 일인지 바깥이 점점 소란스러워지더니 청나라 병사들이 시뻘건 횃불을 앞세우고 장막 안으로 들이닥쳤다. 병사들은 다짜고짜 여자들을 하나씩 잡아 밖으로 끌고 나갔다. 여자들은 끌려가지 않으려고 악을 쓰고 반항했다.

누나가 위험해! 그 생각이 들자마자 윤승은 자기 몸으로 누나를 감쌌다. 병사 하나가 그런 윤승의 옆구리를 발로 세게 차고 누나를 끌어냈다. 누나가 비명을 질렀다. 윤승은 엉금엉금 기어가 병사의 발목을 붙잡았다. 병사는 윤승의 몸을 사정없이 걷어찼고, 끝까지 누나의 치맛자락을 붙잡고 늘어지는 윤승의 팔을 발로 밟았다. 그러고는 철퇴를 번쩍 쳐들었다.

"안 돼!"

윤승은 비명을 지르며 깨어났다. 꿈이었다. 하지만 끌려가는 누나의 모습이 아직도 눈앞에 어른거렸다. 누나와 헤어진 후 윤승은 피로인 행렬을 따라 압록강을 건넜고, 요동 벌판을 지나 끝내 심양 땅을 밟았다. 그 후로 다시는 누나의 소식을 들을 수 없었다.

'누나⋯⋯.'

눈물이 주르륵 흘러내렸다. 손등으로 눈물을 닦으려는데 손목이 뻐근했다. 꿈에서 본 철퇴가 머릿속을 퍼뜩 스쳤다. 윤승은 소스라치며 자기 몸을 내려다보았다. 가슴, 허리, 정강이 어디 하나 성한 곳이 없었다. 군데군데 옷이 찢겨 나간 곳마다 피딱지가 앉았다. 손은 밧줄로 묶였고 발목에는 쇠사슬까지 채워져 기둥에 묶여 있었다. 묶인 손발이 저릿했다.

윤승은 그제야 자신이 태 부인에게 억울하게 추궁당하고, 채찍에 맞아 정신을 잃었다는 것을 기억해 냈다. 그런 뒤 강 대인의 집에서 쫓겨나 남문 앞 노예 시장(병자호란 때 끌려온 피로인들을 사고팔던 시장)에 버려졌다는 것도.

나무 기둥을 세우고 천을 엉성하게 씌워 지붕을 만든 천막 안에는 노예들이 잔뜩 뒤엉켜 있었다. 이렇게 많은 노예가 다 조선에서 끌려왔단 말인가? 목구멍 너머에서 쓴 물이 올라왔다.

'매서운 눈보라와 무자비한 철퇴를 견디고, 어떻게든 살아 보겠다고 부카의 채찍질을 버틴 결과가 고작 이거라니.'

어느새 생각은 불에 타 재가 된 수틀로 옮겨 갔다. 밤을 새워 가며 애써 수놓은 것이 아까웠다. 진씨 부인이 내민 희망의 끈이 툭 끊어져 버린 것이 서글펐다. 잘못한 게 없는데 도둑으로 몰린 일도 억울했다. 태 부인도, 도 어멈도, 부카도 다 원망스러웠다. 수를 놓으면 살길이 열릴 거라던 진씨 부인조차도.

그 순간 천막 한쪽이 들리더니 손에 채찍을 쥔 노예 장사꾼이 들어왔다. 노예 장사꾼은 천막 안을 휘둘러보다가 별안간 고함을 내질렀다.

"아들을 데려가고 싶으면 값부터 치르라니까!"

노예 장사꾼은 거침없이 걸음을 떼었다. 그 발에 챈 노예들이 여기저기서 앓는 소리를 냈다. 노예 장사꾼이 멈춘 곳에는 몸이 깡마른 남자가 두루마기 입은 양반을 부둥켜안고 있었다. 그 옆에서 패랭이를 쓴 남자가 쩔쩔매며 두루마기 양반에게 무어라 속삭였다. 그러고는 노예 장사꾼에게 물었다.

"얼마를 내면 되겠소?"

"삼백 냥."

"뭐요? 삼백 냥이라니, 너무 지나친 것 아니오?"

삼백 냥이란 말을 들은 두루마기 남자의 눈이 커다래졌다. 놀라기는 윤승도 마찬가지였다. 정신이 번쩍 들 만큼 큰 돈이었다. 노예 장사꾼은 그런 남자를 보며 코웃음을 쳤다.

"조선인은 값이 오른 지 오래되었다. 한족이나 몽골인과는 다르다, 이 말이다. 이 씨라는 어느 높은 양반은 아들을 천오백 냥에도 사 갔는데, 그깟 삼백 냥이 뭐가 비싸다고? 가격이 마음에 들지 않으면 그냥 돌아가. 난 안 팔아도 그만이니."

패랭이 쓴 남자가 노예 장사꾼의 말을 전하자 두루마기 입은 양반이 혼잣말처럼 투덜거렸다.

"끌려간 자식들을 구하려고 고관대작들이 돈을 쏟아붓는다더니 그 말이 사실이었네그려. 이렇게 값을 올려놓으면 우리 같은 사람들은 어떻게 자식을 속환(몸값을 치르고 피로인을 데려오는 것)하라는 거야?"

아들을 그냥 두고 갈 수도 없는 노릇이라 양반은 결국 노예 장사꾼이 원하는 대로 돈을 주었다. 마침내 족쇄가 풀리자 비쩍 마른 아들은 소리도 내지 못하고 연신 눈물만 쏟았다. 곧이어 세 사람이 남문을 빠져나갔다.

윤승은 오랫동안 그들이 떠나간 자리에서 눈을 떼지 못했다. 저들처럼 누군가가 나를 찾아와 줬으면 싶었지만, 자기가 생각해도 실없는 바람이었다. 이미 세상을 떠난 부모가 자기를 찾아올 리는 없으니까. 또 설사 누나가 찾아온다 한들 자기를 데려갈 돈을 어디서 구하겠는가? 아까 그 양반만큼은 아니더라도 은자가 몇십 냥은 필요할 것이다. 윤승은 만날 수 없는 가족을 떠올리지 않으려 애쓰다 억지로 눈을 감았다.

사흘째 되던 날 온종일 비가 내렸다. 다음 날에도 비는 그치지 않았다. 오히려 천막을 집어삼킬 것처럼 더 많은 비가 쏟아졌다. 천막 안은 습하다 못해 악취가 났고 벌레도 들끓었다.

점심때가 되자 노예 장사꾼이 천막 안으로 들어와 쉰내 나는 주먹밥을 던져 주었다. 바닥에 떨어진 주먹밥 하나가 데굴데굴 구르다 윤승의 발 앞에서 멈췄다. 윤승은 그걸 보고도 주먹밥을 주워야겠다는 생각조차 들지 않았다.

'저걸 먹고 오늘 하루를 더 산다고 뭐가 달라질까?'

옆에 있던 남자가 윤승을 흘끗 보더니 잽싸게 주먹밥을

낚아챘다. 윤승이 흠칫 놀라 눈을 크게 뜨자 남자는 양손에 주먹밥을 하나씩 쥐고선 버럭 화를 냈다.

"뭘 쳐다봐? 내가 먼저 잡았으니 내 몫이야."

꾀죄죄한 얼굴에 풀어헤친 머리칼을 한 남자가 게걸스럽게 주먹밥을 먹어 치웠다. 꼭 굶주린 승냥이 같았다. 계속 여기에 있다간 자기도 저 남자처럼 될 것만 같아서 윤승은 그날 밤잠을 이루지 못했다.

다음 날, 마침내 짙은 먹구름이 몰려가고 거짓말처럼 해가 떠올랐다. 노예 장사꾼이 노예 몇 명을 불러냈다. 노예들은 물에 젖은 천막을 둘둘 말아 걷어 올린 다음 나무 기둥에 고정했다. 닷새 만에 보는 파란 하늘이었다. 햇빛을 보는 것만으로도 윤승은 기분이 조금 나아지는 것을 느꼈다.

그때 남문 쪽에서 한 여인이 여종과 남종을 하나씩 데리고 노예 시장 쪽으로 걸어오는 것이 보였다. 옷을 보니 청나라 사람은 아닌 듯했다. 머리를 쪽 지고 옥비녀를 꽂은 것을 보면 조선 사람이, 그것도 진씨 부인 같은 양반집 여인이 분명했다.

여인은 치마 밑단이 흙탕물에 더러워지는 것도 아랑곳하지 않고 노예들 사이를 부지런히 돌아다녔다. 어떤 노예

앞에서는 쭈그리고 앉아 이것저것 묻기도 했다. 그 모습이
참 낯설었다.

'피로인을 속환하러 조선 여인이 직접 이런 곳에 오다니?'

게다가 무엇 때문에 저렇게 많은 노예를 사려는 걸까?
윤승이 고개를 갸웃거리는데 가까운 곳에서 여인의 음성
이 들려왔다. 조선말이었다.

"너는 어디서 왔느냐?"

자신을 향한 질문이라는 것을 알고 윤승은 입을 뗐다.

"안주에서 왔습니다."

너무 오랫동안 말을 하지 않아서인지 목소리가 갈라졌다.

"어디서 이렇게 맞았느냐?"

여인은 윤승의 상처를 가리키며 물었다. 윤승은 어디부
터 말해야 할지, 아니 그동안 있었던 일을 말해도 되는지
판단이 서지 않았다. 여인은 다시 물었다.

"혼자 끌려왔느냐? 가족 생사는 알고 있느냐?"

가족이란 말을 듣자마자 눈시울이 뜨거워지더니 눈물이
뚝 떨어졌다. 여인은 윤승을 다독이지도 그렇다고 그만 울
라고도 하지 않았다. 한동안 윤승을 물끄러미 보던 여인은
윤승이 울음을 그치자 그제야 여종을 불렀다.

"이 아이도 데려가야겠다. 가서 돈을 지불하고, 아까 속환한 자들까지 모두 데려오너라."

"예, 마마."

여종이 허리를 굽히고 물러나 노예 장사꾼에게 가서 은자를 주었다. 잠시 후, 노예 장사꾼이 와서 윤승의 발목에 묶인 족쇄를 풀었다. 곧이어 스무 명은 족히 되어 보이는 조선인들이 여인 쪽으로 줄지어 걸어왔다.

'이 여인은 누굴까? 진씨 부인 같은 청나라 상인의 첩일까?'

그토록 바라던 일이 일어났는데 마냥 좋아할 수가 없었다. 혹시 이 여인에게 팔려 가면 강 대인의 집에 있을 때처럼 또 날마다 채찍을 맞게 되는 건 아닌지 두려웠다. 윤승은 왜 나를 데려가느냐고, 어디로 데려가는 것이냐고 묻고 싶었다. 그 정도는 알고 싶었다. 하지만 그랬다가 자기를 두고 갈까 봐 차마 물어볼 용기가 나지 않았다.

'그래도 손발이 묶인 채 꼼짝없이 여기 갇혀 지내는 것보다 더 나쁘진 않을 거야.'

윤승은 애써 좋은 쪽으로 생각을 돌리고 아픈 발을 질질 끌며 무리 속으로 들어갔다.

남문을 지나 어디로 가는지도 모르는 길을 걸었다. 가도 가도 사방이 들판이었다. 걸을수록 발목은 점점 더 시큰거렸고 덩달아 불안한 마음도 커졌다.

그때 말을 탄 청나라 병사들이 돌연 흙먼지를 일으키며 나타났다. 누군가 비명을 질렀고, 윤승도 병사들을 보자 숨이 쉬어지지 않았다. 병사들은 조선인 무리를 거들떠보지도 않고 사라졌지만 윤승은 놀란 가슴을 몇 번이나 쓸어내렸다.

하늘이 점점 붉게 물들었다. 그제야 집이 한두 채 나타났다. 또 한참 걸어가자 삼 층 누각으로 된 내성이 보였다. 일행은 성문을 지나쳐 오른쪽으로 꺾었다. 얼마간 걷자 기와지붕을 얹은 건물이 모여 있는 큰 저택이 나타났다. 윤승은 무리를 따라 안으로 들어갔다. 이미 날은 어둑해져 앞이 잘 보이지 않았다.

여종은 저택 안 깊숙한 곳에 자리한 건물 앞에서 걸음을 멈추었다. 여종이 일행을 둘러보며 말했다.

"마마께서 오늘은 여기서 푹 쉬고 내일부터 일하라고 하셨네. 곧 저녁밥을 줄 테니 잠깐 기다리게."

곧이어 부엌문이 활짝 열렸다. 솥뚜껑 사이로 하얀 연기가 뿜어져 나왔다. 구수한 밥 냄새가 콧속으로 스며들었다.

"밥이다!"

사람들이 너 나 할 것 없이 부엌문 앞으로 달려들었다. 아주머니 한 사람이 이리 오라며 윤승을 불러 뭇국에 밥을 말아 주었다. 윤승은 후후 불며 국밥을 그릇째 들이마셨다. 따끈한 국밥을 먹고 나자 여기는 어딜까 불안했던 마음도, 내일부터 일하라는 여종의 말도 모두 날아가 버렸다.

식사가 끝나고 여종은 사람들을 임시 숙소로 데려갔다. 사람은 많고 방은 비좁았다. 그래도 남문 앞 허허벌판에서 맨몸으로 지내던 곳에 비하면 낙원이었다. 얼마 지나지 않아 어디선가 코 고는 소리가 들렸다. 그 소리에 몸을 뒤척인 것도 잠시, 윤승은 그대로 곯아떨어졌다.

윤승은 누군가 속삭이는 소리에 잠에서 깼다.

"여기가 조선에서 온 세자 저하가 계신 곳이라고요? 아까 그분은 세자빈마마고요?"

젊은 남자의 목소리였다.

"그렇다니까. 전쟁이 끝나고 세자 저하께서 볼모로 잡혀 올 때 함께 끌려온 세자빈마마 말일세. 다른 사람들이 하는 말을 내가 똑똑히 들었다니까.”

대답하는 쪽의 목소리는 굵고 탁했다.

“세자빈마마가 백성들을 속환하러 직접 노예 시장에 갈 리가 없지 않습니까? 아재가 잘못 들은 거 아니에요?”

“아니라니까 그러네. 여기를 뭐라더라? 그렇지. 심양관이라고 부른다던데?”

꼭 꿈결 속에 들리는 소리 같아서 윤승은 눈을 감고 가만히 있었다. 대화는 끊이지 않고 계속되었다.

“아재 말대로 세자빈마마가 맞다고 칩시다. 그럼 우리를 여기로 데려온 까닭이 도대체 뭐랍니까?”

윤승은 눈이 번쩍 뜨이고 정신이 또렷해졌다. 오는 내내 윤승도 궁금했던 질문이었으니까.

“거기까진 나도 잘 몰라. 무슨 농사를 짓는다고 그러더라고.”

“예? 기껏 속환해서 또 노예로 부려 먹는다고요?”

속삭이던 남자의 언성이 높아졌다. 노예로 부려 먹으려 한다니. 윤승은 겁이 버썩 났다. 목소리 탁한 남자가 짜증을 냈다.

“성질 급하기는. 얘기를 끝까지 들어 보라고. 세자빈마마께서 조선인들을 데리고 직접 농사를 짓는다는 거야. 농사일이야 당연히 힘들겠지. 그래도 청나라 주인 밑에서 노예로 지내는 것과는 천지 차이라고."

"그 말을 믿을 수가 있어야 말이죠. 나라님이라면서 제 백성도 지키지 못하고 나 몰라라 하니까 우리가 결국 이 꼴이 된 거 아녜요. 세자 저하라고 뭐 다르겠습니까? 여기 청나라 땅에선 힘도 없는 볼모일 뿐이지 않습니까?"

흥분한 젊은 남자의 목소리가 점점 커졌다.

"좀 조용히 하게! 그런 말을 그리 크게 하면 어쩌자는 건가?"

"제가 뭐 틀린 말을 했습니까? 심양에 끌려온 조선인들 사이에서는 나라님이 남한산성에 숨어 나오지 않았다는 말이 파다합니다."

"글쎄 말소리 좀 낮추래도!"

잠시 침묵이 흘렀다. 조금 뒤 굵고 탁한 목소리가 들려왔다.

"인제 와서 그런 말이 다 무슨 소용이겠나? 우린 이미 이곳에 끌려왔는걸. 내일 날이 밝으면 사정을 자연히 알게 되겠지."

"그야 그렇지만……."

젊은 남자가 말끝을 흐렸다. 대화도 끝이 났다.

젊은 남자의 의심은 당연했다. 하지만 목소리 탁한 남자의 말에 반박할 수도 없었다. 이 밤중에 여길 나가서 어디로 간단 말인가?

청나라 병사들은 도망치다 잡혀 온 조선인들을 잔인하게 처형했다. 그것으로도 모자라 시신을 일부러 보란 듯이 내걸었다. 다른 피로인들에게 본보기를 보이려는 것이었다. 그러니 조선으로 도망치는 일은 감히 꿈도 꿀 수 없었다. 윤승은 생각을 거듭하다 다시 눈을 감았고 까무룩 잠이 들었다.

누군가 윤승의 몸을 흔들었다. 쇳덩이라도 묶어 놓은 것처럼 몸이 한없이 무거웠고 도무지 눈을 뜰 수 없었다. 윤승은 그 손길을 뿌리치고 돌아누웠다. 이번에는 그 손이 윤승을 더 세게 흔들었다. 윤승은 힘겹게 눈을 떴다. 환한 빛 사이로 낯선 얼굴이 보였다.

"어휴, 어린 것이 행색을 보아하니 고생이 이만저만 아니었겠어. 인제 그만 일어나렴."

윤승을 깨운 아주머니가 안쓰럽다는 표정을 지었다. 어제 윤승에게 국밥을 퍼 준 아주머니였다. 그렇게 말하는 아주머니도 몸이 성해 보이지 않았다. 윤승은 어색한 웃음을 지으며 몸을 일으켰다. 아주머니가 주먹밥 하나를 윤승의 손에 쥐어 주었다. 윤승은 고개를 꾸벅 숙이고는 주먹밥을 통째로 입에 넣고 밖으로 나갔다.

날이 밝자 어젯밤에는 보이지 않던 것들이 눈에 들어왔다. 저택 내부는 강 대인의 집만큼, 어쩌면 그보다도 더 넓어 보였다. 이곳에 얼마나 많은 사람이 머무는지 알 수는 없었지만, 건물은 아주 많았고 하나같이 조선의 것을 닮아 있었다. 윤승은 목소리 탁한 아저씨가 이곳을 부른 이름을 떠올렸다. 심양관.

'세상에. 아저씨들 말이 진짜였나 봐.'

저택 한가운데 있는 커다란 건물의 팔작지붕을 보며 윤승은 저곳이 세자 저하가 머무는 곳이 아닐까 짐작했다.

'세자 저하는 어떤 분일까? 어젯밤에 그 아저씨가 말한 것처럼 백성을 버린 나라님이랑 똑같을까?'

어제 본 세자빈마마는 피로인을 한 사람이라도 더 데려가고 싶어 했다. 자기 같은 아이에게까지 일일이 말을 걸었고, 심양관에 도착하자마자 모두 밥부터 먹게 해 주었다. 윤승은 세자 저하도 세자빈마마 같은 분이길 바랐다.

심양관 마당에는 어디론가 갈 채비를 마친 사람들이 삼삼오오 모여 있었다. 얼마 지나지 않아 나이가 지긋해 보이는 상궁이 젊은 나인을 하나 데리고 왔다. 나인이 사람들 숫자를 세고 맞는다는 듯이 고개를 끄덕였다. 그러자 상궁이 앞장서 걷기 시작했다.

윤승이 도착한 곳은 왕부촌이라 불리는 마을이었다. 마을 곳곳에서 모내기가 한창이었다. 나인이, 여기서 일하는 사람은 모두 세자빈마마가 속환한 조선인이고, 열심히 일하는 사람에게는 마마께서 직접 상도 내린다고 하자 사람들이 술렁였다.

논에서 멀지 않은 곳에 채소를 키우는 넓은 밭이 있었다. 윤승은 사람들과 함께 밭에서 가지며 오이, 상추 같은 채소를 수확했다. 수확한 채소는 농사짓는 사람들이 먹을 것을 제외하고 모두 심양관으로 보낸다고 했다.

채소를 담아 나무 상자를 옮기던 사람들 뒤편에서 느닷없이 우당탕 소리가 났다. 나무 상자를 나르던 아주머니가 뒤에 서 있던 아저씨를 보지 못하고 밀치는 바람에 아저씨가 넘어진 것이다. 아저씨의 바지 밑단이 보기 흉하게 찢어졌다.

"어이쿠, 이거 미안해서 어쩌지요?"

아주머니가 사과하며 안절부절못했다. 윤승에게 주먹밥을 준 아주머니였다.

"에잇, 참! 잘 좀 보고 다니셔야지."

아저씨는 찢어진 옷을 보고 난감해했다. 아예 뜯어 버리자니 몽당바지처럼 짧아질 게 뻔해 이러지도 저러지도 못했다.

"아저씨, 제가 꿰매 드릴까요?"

"네가? 바지를 꿰맨다고? 뭘로?"

그제야 윤승은 자신에게 바늘이 없다는 사실을 깨달았다. 자기에게 밥을 챙겨 준 아주머니가 곤란해 보여 돕고 싶은 마음에 자기도 모르게 그런 말을 해 버린 것이었다. 그런데 문득 자신들을 데려온 나인이라면 바늘 쌈지를 가지고 있지 않을까 하는 생각이 들었다.

"나인에게 가서 부탁해 보면 어떨까요?"

아주머니가 좋은 생각이라며 윤승을 데리고 나인이 있는 곳으로 갔다. 나인은 자기는 침방 소속이 아니라 그런 물건은 없다고 했다.

"심양관에 가서 침방나인에게 부탁하면 바늘과 실을 빌

릴 수 있을 거야.”

나인은 직접 관리인에게 가서 사정을 말해 주었다. 그 덕분에 윤승은 채소가 담긴 나무 상자를 소달구지에 싣고 아저씨들과 함께 곧바로 심양관으로 향했다. 막상 출발하고 나자 불현듯 걱정이 밀려왔다.

‘나인들에게 말을 걸었다고 괜히 혼나지나 않을까? 침방 나인은 어디서 찾고?’

공연한 일에 나선 게 아닌지 막막함은 점점 커지는데 뾰족한 수도 없이 어느새 심양관에 도착했다.

윤승은 일단 아저씨들과 함께 채소 상자를 심양관 안으로 옮겼다. 그러다 적당한 때를 보아 지나가는 아무 나인이라도 붙잡고 말을 걸어 보자는 심산이었다. 그러려면 빨리 일을 마무리해야 했다.

상자 하나를 들고 걸어가던 윤승의 곁에 커다란 마차 하나가 멈춰 섰다. 화려한 비단으로 창을 가린 마차는 조선의 가마보다 두 배는 커 보였고, 크고 튼튼한 수레바퀴가 달려 있었다. 윤승은 걸음을 멈추고 마차를 물끄러미 보았다. 잠시 후, 비단을 한 손으로 걷으며 한 여인이 얼굴을 내밀었다.

"아!"

윤승은 하마터면 상자를 바닥에 떨어뜨릴 뻔했다. 여인의 옆얼굴이 진씨 부인과 너무나 닮아 있었기 때문이다. 자세히 보니 닮은 사람이 아니라 정말 진씨 부인이었다. 윤승은 반사적으로 알은체를 하려다 얼른 입을 닫았다.

마음 한쪽에 여전히 정리되지 않고 남아 있던 생각이 윤승을 꽉 붙들었다. 진씨 부인은 왜 도 어멈 앞에서 나를 변호해 주지 않았을까? 진씨 부인도 태 부인처럼 내가 금사를 훔쳤다고 생각했을까? 내가 태 부인을 해치려고 일을 꾸몄다고 믿었을까?

오해를 받는 것이 억울했지만 이미 지나간 일이었다. 긁어 부스럼을 만들지 않는 게 낫다. 그렇게 생각하고 재빨리 등을 돌리던 때였다.

"윤승이? 윤승이 맞지?"

진씨 부인이 부르는 소리에 윤승은 그 자리에 우뚝 멈추어 섰다.

다시 만난 진씨 부인

진씨 부인은 윤승이 나비를 수놓은 옷을 입고 있었다. 검은 점이 콕콕 박힌 노란 나비를 보자 누나의 얼굴이, 누나를 닮은 여종 아이의 얼굴이 잇따라 떠올랐다. 잔뜩 긴장한 채로 진씨 부인 앞에서 나비를 수놓았던 것과, 덧없는 희망에 부풀어 태 부인께 줄 영건을 밤새 수놓았던 일도.

"정말 윤승이구나."

진씨 부인은 믿을 수 없다는 듯 윤승의 얼굴을 빤히 보았다. 얼굴에는 미안한 빛이 가득했다. 그 얼굴을 마주하자 반가움이 밀려왔고, 거의 동시에 원망이 피어올랐다. 나란히 놓기에는 좀처럼 어울리지 않는 두 가지 감정이 서로 자기가 맞다고 싸워 댔다.

"너를 찾으려고 사방으로 알아보았는데, 여러 사정 때문에 쉽지 않았단다. 그러다 노예 시장에 팔려 갔단 말을 들었지. 내가 찾아갔을 때 이미 너는 그곳에 없더구나. 네가 쫓겨나는 것만은 어떻게든 막으려고 했는데……."

진씨 부인의 목소리 끝이 갈라졌다.

옆에서 함께 짐을 나르던 아저씨들이 이게 무슨 일인가 하는 눈으로 윤승과 진씨 부인을 번갈아 보았다. 청나라 비단옷을 입은 귀부인이 윤승을 알은체한 것이, 더군다나 그 여인이 조선말을 해서 놀라웠던 것이다. 진씨 부인은 아랑곳하지 않았다.

"노예 시장에서 속환되어 심양관에 온 조선인은 모두 농사일을 한다 들었다. 너도 그런 것이냐?"

"예."

"어머니를 도와 바느질만 했다면서 농사지어 본 적은 있느냐? 아니 그보다도, 농사일만 하기에는 네 솜씨가 너무 아깝지 않으냐?"

"여기서도 지낼 만합니다."

"그러지 말고 나와 함께 돌아가자. 마마께는 내가 다 말씀드릴 테니까. 그때 일은 네 잘못이 아니었다는 걸 나도 안다. 나도 하마터면 강 대인의 집에서 쫓겨날 뻔했지. 그래도 결국 대인께서 진실을 명명백백하게 밝혀 주셨어. 모든 건 다 태 부인의 모략이었단다."

윤승의 눈이 휘둥그레졌다.

'전부 태 부인의 모략이었다고?'

이제는 나와 상관없는 일이라고, 다 지나간 일이라고 생각했지만 도저히 묻지 않을 수가 없었다.

"그게 무슨 뜻이에요?"

"강 대인 앞에선, 아니 매질 앞에선 도 어멈도 진실을 말할 수밖에 없었지. 태 부인의 명령으로 자기가 실 바구니에 몰래 금사를 넣었다고 다 실토했다. 가게 주인에게 웃돈을 주고 특별히 구했다고 하더구나."

"아……!"

전말을 알고 나자 곧바로 후회가 밀려왔다.

'내가 너무 경솔했어.'

실 바구니에서 실패를 발견했을 때 어디서 났는지 알아봤어야 했다. 주제넘게 혼자 결정하고 행동하지 말았어야 했다. 그래 놓고 진씨 부인을 탓하다니. 윤승은 떨어지지 않는 입을 억지로 뗐다.

"제가 좀 더 신중하게 행동했더라면……"

"그게 무슨 말이냐? 네 잘못이 아니다. 작정하고 누명을 씌우는데 무슨 방도로 빠져나올 수 있었겠느냐?"

진씨 부인은 잠깐 이맛살을 찌푸렸다가 곧 표정을 풀고 말을 이었다.

"그것보다 방금 내가 한 말을 다시 한번 생각해 보면 안 되겠느냐? 너뿐만이 아니라 나를 위해서라도 말이다."

계속되는 설득에 윤승은 마음이 흔들렸다. 아까와 다르게 감정의 응어리가 풀리기 시작했고, 수놓는 일도 마다하고 싶지 않았다. 하지만 되지도 않는 재주를 부리다 또다시 일을 망칠까 봐 불안했다. 조용히 사람들 틈바구니에서 농사지으면 지난번과 같은 불상사는 일어나지 않을 터였다. 게다가 세자 저하는 언젠간 조선으로 돌아갈 것 아닌가? 그러면 그때 자신도 다른 백성들과 함께 조선으로 돌아갈 수 있을 거다. 어쩌면 누나도 만날 수 있을지 모른다.

'여기가 지금 내가 있을 자리야.'

윤승은 그렇게 마음을 먹고 말했다.

"저는 여기서 농사를 짓다가 누나를 찾아 고향으로 돌아갈 수 있으면 그걸로 만족합니다. 다른 건 바라지 않습니다."

못내 아쉬운지 진씨 부인은 아랫입술을 꾹 깨문 채 쉽게 자리를 뜨지 못했다. 윤승도 가만히 기다리는 수밖에 없었다.

나인 하나가 종종걸음으로 다가와 진씨 부인에게 속삭였다.

"부인, 분부하신 대로 물건을 다 옮겼습니다. 세자빈마마께 드리기 전에 한 번 더 확인해 보시지요."

그 말을 들은 진씨 부인의 얼굴이 모처럼 환해졌다. 진씨 부인은 윤승의 어깨를 토닥이고 돌아섰다. 그런데 두어 걸음 걷다 돌연 걸음을 멈추더니 다시 돌아왔다.

"내 생각이 짧았던 것 같구나. 너로선 아무래도 강 대인의 집에 돌아오기 두렵겠지. 하지만 심양관은 다르지 않으냐? 분명 세자빈마마께서도 너처럼 수를 잘 놓는 아이가 필요하실 거야. 너의 재주로 널 속환해 준 마마를 기쁘게 해 드릴 수 있다면, 이보다 좋은 일이 어디 있겠느냐? 세자빈마마는 이곳에서 세자 저하 다음으로 높으신 분이니, 네가 걱정하는 일은 절대 일어나지 않을 거란다."

윤승은 세자빈마마 곁에서 수를 놓으라는 진씨 부인의

말에 당황해서 아무런 대꾸도 하지 못했다. 진씨 부인이 아저씨들 쪽을 흘깃 보고 다시 말했다.

"일단 네가 하던 일을 마저 끝내려무나. 다시 너를 찾아올 테니 그때 결정하자. 알았느냐?"

윤승도 더는 거절하지 못하고 고개를 끄덕였다. 진씨 부인이 자리를 뜬 뒤 아저씨들이 기다렸다는 듯이 몰려왔다.

"저분은 누구시냐? 청나라 귀족이 어찌 조선말을 하냐?"

아저씨들 재촉에 윤승은 하는 수 없이 강 대인의 집에서 있었던 일과 누명을 쓰고 쫓겨난 일을 말했다. 아저씨 하나가 혀를 끌끌 찼다.

"그래도 목숨은 건졌으니 얼마나 다행이냐. 그런데 네가 바느질 솜씨가 그렇게 좋으냐?"

아저씨의 호기심 어린 얼굴에 윤승은 그저 멋쩍게 웃고 말았다.

짐을 다 나르고 윤승은 아저씨들과 부엌 한쪽에서 간단히 점심을 먹었다. 잠시 뒤 바지가 찢어진 아저씨가 침방나인에게 바늘과 실을 빌려 왔다. 윤승은 아저씨 곁에 앉아 바늘에 실을 꿨다. 그러고는 순식간에 바지를 꿰매고 내친김에 허벅지 부분에 하얀 자두꽃 두 송이를 수놓았다.

"그 귀부인이 왜 이 아이를 데려가려고 안달이었는지 알 겠네그려."

꿰맨 바지를 입은 아저씨의 말에 옆에 있던 사람들도 맞 장구를 쳤다. 그때 진씨 부인에게 말을 전하러 왔던 나인이 빠른 걸음으로 걸어와 윤승에게 손짓했다.

"여기 있는 줄도 모르고 엉뚱한 곳에서 한참 찾았네. 진 씨 부인께서 부르신다. 어서 따라와."

어찌해야 하나 엉거주춤 앉아 있는 윤승을 아저씨들이 일으켜 세우고는 어서 가 보라며 손을 휘휘 내저었다.

나인은 세자궁 뒤쪽 조금 낮은 건물이 있는 마당으로 들 어섰다. 중문을 지나 건물 끝에 있는 돌계단을 오르자 툇마 루가 나왔다. 거기서 몇 걸음 걷다 왼쪽으로 꺾었고 얼마 후 걸음을 멈췄다. 그곳에 진씨 부인이 서 있었다.

방 앞에서 허리를 굽히고 있던 상궁이 "마마, 진씨 부인 이 뵙기를 청하옵니다." 하고 아뢰었다. 곧이어 "들라 하여 라." 하는 소리가 들렸다. 진씨 부인은 윤승에게 잠시 기다 리라 하고 먼저 안으로 들어갔다. 닫힌 창호 문 사이로 세 자빈의 목소리가 새어 나왔다.

"팔왕(아지거, 청 태조 누르하치의 열두 번째 아들)에게서 온 서신은 읽어 보았네. 강 대인이라는 믿을 만한 상인이 있다더니 그 사람이 자네 부군일 줄은 몰랐어. 자네도 제법 수완을 부릴 줄 아나 보군."

세자빈의 말은 언뜻 들으면 칭찬인 것도 같고 어찌 들으면 비꼬는 것 같기도 했다.

"청나라는 늘 심양관을 감시하면서 심양관이 조선 정부를 설득해 자신들을 상국(작은 나라로부터 조공을 받는 큰 나라)으로 섬기길 바라네. 하지만 힘으로는 굴복당했으나 마음으론 여전히 만주족이 오랑캐라 여기는 전하께서 그들의 말을 들어줄 리가 있겠는가?"

"잘 알고 있습니다, 마마."

"이미 전하께서는 삼궤구고두(세 번 무릎 꿇고 아홉 번 머리를 조아려 절하는 예법)의 예를 행하셨네. 되돌릴 수 없는 일이지. 그런데도 조선에서는 청나라와 군신 관계임을 부정하고 청나라의 압박을 심양관이 막아 주길 기대하고 있어. 그러니 내 어찌 여기서 섣불리 장사를 할 수 있겠나. 자칫 잘못하면 청 황제와 조선 정부 양쪽의 오해를 살 수도 있네."

"지당한 말씀이십니다, 마마. 그러나 팔왕이 조선에서 나는 산물에 관심을 보이는 것은 그야말로 절호의 기회입니다. 마마께서 이 장사를 통해 큰 이익을 남기면, 그것은 단순한 재물이 아닙니다. 마마의 힘이자 세자 저하의 권력이 될 것입니다. 나아가 그 돈으로 더 많은 백성을 속환하실 수도 있습니다."

진씨 부인은 여기까지 말을 하고 멈추었다. 세자빈은 아무런 대꾸가 없었다. 그런 채로 꽤 시간이 흘렀다. 대화가 잠시 끊겼는지 아니면 목소리가 너무 작아 잘 들리지 않는 것인지 알 수 없었다.

윤승은 세자빈과 진씨 부인이 하던 이야기를 곰곰이 생각했다. 다 알아들을 수는 없었지만 세자 저하의 처지가 청나라와 조선 사이에서 매우 곤란하다는 것만은 확실했다. 조선에서 임금 다음으로 높은 분인 세자 저하조차 이곳에서 살기가 결코 만만치 않다는 사실이 놀라웠다.

무엇보다 이해할 수 없는 일은 진씨 부인이 장사를 하겠다는 이야기였다. 장돌뱅이인 윤승의 아버지는 장사 같은 천한 일을 한다며 늘 무시당했다. 그런데 진씨 부인이 왜 장사를, 그것도 세자빈과 함께한단 말인가? 팔왕은 또 누구고?

순간 드르륵, 문 여는 소리가 났다. 윤승이 고개를 들자 상궁이 윤승에게 안으로 들어가라 눈짓했다.

윤승은 얼떨떨한 얼굴을 한 채 안으로 들어갔다. 진씨 부인은 윤승이 들어오는 것을 보고 손으로 슬쩍 옆자리를 가리켰다. 윤승은 진씨 부인과 조금 떨어진 곳에 무릎을 꿇고 앉았다.

"아니, 남자아이가 아니냐? 자네가 데려왔다는 수를 잘 놓는다는 아이가 정말 이 아이 맞는가?"

세자빈이 놀라워하자 진씨 부인이 미소를 지었다.

"그렇습니다, 마마. 마침 제 옷에도 이 아이가 수를 놓았는데 한번 보시옵소서."

진씨 부인이 공손히 두 손을 들어 보이자 세자빈은 진씨 부인의 소맷자락을 이리저리 살폈다.

"곱기도 하지. 이 정도 실력이면 수방나인 못지않겠어. 이름이 무엇이냐?"

"윤승이라고 합니다."

"어디서 누구에게 수를 배웠느냐?"

윤승이 머뭇거리자 진씨 부인이 먼저 나섰다.

"아무래도 마마 앞이라 긴장한 모양입니다. 이 아이 외가 쪽이 평안도 안주에서 대대로 침모를 했습니다."

"그렇다면 재주 하나는 타고났겠구나. 안 그래도 수방나인들까지 데려올 형편이 못 되어 그동안 세자 저하의 의복도 제대로 살피지 못해 안타까웠는데……."

세자빈이 끝말을 흐리자 윤승은 좌불안석이었다.

'마마는 내 솜씨가 불안한 걸까? 아니면 진씨 부인이 미덥지 않은 걸까?'

진씨 부인이 옆에서 한마디 덧붙였다.

"이 아이는 본래 소인의 집에 노예로 팔려 왔으나, 억울한 누명을 쓰고 쫓겨났다가 남문 앞에 버려졌습니다. 때마침 마마께서 속환해 주신 아입니다. 어찌 보면 저보다 마마와의 인연이 깊지요. 은혜를 갚기 위해서라도 마마께 충성을 다할 겁니다."

세자빈의 얼굴에 흡족함이 차올랐다.

"속환된 뒤에는 어디에 있었느냐? 사하보에 있었느냐?"

"왕부촌에서 농사를 짓고 있습니다."

세자빈은 진씨 부인의 소매에 눈길을 돌리며 말했다.

"농사만 짓기엔 확실히 아까운 솜씨로구나."

조금 뒤 세자빈은 밖에 누구 없느냐 하고 상궁을 찾았다.

부름을 받은 상궁이 안으로 들어왔다.

"왕부촌을 관리하는 박 참봉에게, 앞으로 이 아이는 농사일에서 제외하라고 전하여라. 김 내관을 시켜 당분간 머물 곳도 마련해 주고."

"예, 마마."

순식간에 벌어진 일에 윤승은 입을 다물지 못했다. 일이 이렇게 흘러가도 될까? 한편으론 다시 수를 놓을 수 있다는 생각에 가슴이 뛰었다. 웃어야 할지 울어야 할지 스스로도 마음의 갈피를 잡을 수가 없었다.

"간단한 일부터 시켜 보고 내 천천히 판단할 것이니 긴장하지 말고 너도 최선을 다해 보거라."

세자빈은 윤승에게 당부하고 진씨 부인에게 말했다.

"어쩌면 그동안 내가 자네를 조금 오해한 것 같네. 청나라는 우리의 상국 노릇을 하려 하고, 조선에서는 그걸 인정할 수 없다고 하니 심양관의 처지가 참으로 살얼음 위를 걷듯 아슬아슬하다네. 그런 중에 자네 덕에 내가 근심을 하나 덜었어. 조만간 다시 불러 차라도 한잔 대접하지."

세자빈은 한시름 놓았다는 듯 한결 개운한 얼굴이었다.

"망극하나이다, 마마. 불러만 주시면 언제든 마마를 뵈러

오겠습니다."

진씨 부인이 허리 굽혀 인사하고 일어섰다. 윤승도 눈치껏 자리에서 일어나 뒷걸음질로 물러났다.

건물 밖으로 나온 후 진씨 부인은 조용히 앞서 걸었다. 생각에 잠긴 얼굴이었다. 윤승은 말없이 그 뒤를 따랐다. 심양관 입구가 점점 가까워졌다. 입구 너머로 진씨 부인이 타고 온 마차가 보였다. 마차 근처에 서 있던 여종이 진씨 부인을 발견하고 심양관 입구로 종종걸음을 쳤다. 진씨 부인이 몸을 돌려 윤승을 바라보았다.

"아무 걱정하지 말고 세자빈마마가 시키는 일은 무엇이든 열심히 하거라. 그러다 보면 언젠간 누나 소식도 들을 수 있을 거다. 심양관만큼 조선 소식을 많이 들을 수 있는 곳도 없단다."

진씨 부인은 윤승의 등을 가볍게 두드리고 심양관 밖으로 나갔다. 진씨 부인이 탄 마차가 점점 멀어지고 작은 점이 되어 더는 보이지 않을 때까지 윤승은 심양관 앞에 꼼짝하지 않고 그대로 서 있었다.

오후 내내 휘몰아친 일들이 믿기지 않았다. 더군다나 진씨 부인이 마지막으로 한 말은 윤승의 마음을 들쑤셔 놓았다.

'심양관에서 누나 소식을 들을 수 있을지도 모른다니?'

진씨 부인은 단순히 자수 때문이 아니라 누나 일까지 헤아려 자신을 세자빈마마에게 데려간 걸까? 질문이 꼬리에 꼬리를 물고 이어졌지만 혼자서는 답을 찾을 수가 없었다.

김 내관은 군식구가 생겨 귀찮은지 윤승에게 퉁명스러웠다. 그 때문에 윤승도 가시방석에 앉은 듯 심양관에서 지내는 것이 불편했다. 이틀이 다 되도록 딱히 할 일을 주지 않아 더 그랬다. 그래서 나인이 세자빈의 의복을 들고 왔을 땐 더할 나위 없이 반가웠다. 윤승은 온종일 방안에 틀어박혀 해진 부분을 뜯어내고 옷을 고쳤다. 세자빈의 의복이라고 해도 대부분 평상복이라 별로 어려운 일도 아니었다.

다음 날 세자빈이 윤승을 불렀다. 나인을 따라 세자빈의 처소로 가자 세자빈이 빙그레 웃었다.

"바느질이 꼼꼼하고 솜씨에 빈틈이 없더구나. 이번엔 세자 저하의 의복을 내어 줄 테니, 김 상궁을 따라가거라. 김 상궁, 이 아이에게 의복을 내어 주고 화채도 한 그릇 주게."

밖으로 나온 윤승은 부엌에서 복숭아 화채를 받았다. 향긋한 냄새가 감돌았다. 한 모금 마시자 달콤한 국물이 목구멍을 차갑게 훑고 내려갔다. 마치 고향으로 돌아간 것 같은 맛이었다.

윤승은 문득 진씨 부인의 말이 맞을지 모른다는 생각이 들었다. 심양관에서 세자빈마마를 모시고 있으면 그 어느 곳보다 조선의 소식을 먼저 들을 것이라는 말. 심양관에는 청나라 어디에도 없는 조선의 집, 조선의 옷, 조선의 맛이 다 있었다. 그러니 틀림없이 조선의 일도 가장 빨리 전달될 것이다.

'열심히 수를 놓으면 언젠간 누나 소식도 들을 수 있을지 몰라.'

그 생각이 윤승의 마음가짐을 다르게 했다. 윤승은 세자빈마마의 눈에 들기 위해 세자 저하의 의복을 수선하는 데 더욱 정성을 쏟았다.

이틀 뒤 의복 수선이 거의 끝날 무렵이었다. 세자빈을 모시는 나인이 와서 윤승에게 짐을 싸라고 했다. 앞으로 할 일이 많아질 테니 세자빈 처소와 가까운 곳으로 숙소를 옮겨야 한다고 했다. 윤승에겐 딱히 짐이랄 것도 없어서 수놓을 때 쓰던 물건만 몇 가지 꾸려 나인을 따라갔다. 세자빈 처소에서 좀 더 북쪽으로 걸어가자 나인들이 머무는 숙소가 나왔다. 숙소 가장 끝에 있는 방 앞에서 나인이 윤승의 손에 서신을 쥐여 주었다.

"마마께서 열흘 뒤 조선으로 돌아가는 사신 편에 어머니께 쓴 편지를 보내려고 하는데, 네가 그 편지를 자수로 놓으면 좋겠다고 하셔."

"편지를 자수로요?"

윤승은 무슨 뜬금없는 말인가 싶어 되물었다. 하지만 나인은 태연하게 고개를 끄덕이고 몸을 돌렸다.

"저기요."

서신을 펼쳐 본 윤승이 다급하게 나인을 불러 세웠다. 왜 또 그러냐는 얼굴로 나인이 뒤를 돌아보았다.

"전 글자를 몰라요. 이 두 한자를 그대로 따라 그리고 수놓으면 되나요?"

나인이 한숨을 쉬었다.

"이 글자들을 그대로 수놓는 게 아니라, 그 뜻을 그림으로 표현해야지. 원래 무슨 한자인지 알아볼 수 없도록."

그러더니 누가 엿듣기라도 하듯 작은 소리로 덧붙였다.

"심양관에서 조선에 서신을 보낼 때마다 청나라에서 지나치게 간섭하거든. 한자 하나하나 의미를 다 따지면서 트

집을 잡아. 그냥 평범한 안부 편지인데도 말이야. 그래서 마마께서 편지를 자수로 만들 생각을 하신 거야. 네 솜씨라면 할 수 있을 것 같다면서."

윤승은 무슨 말인지 도무지 알 수가 없었다. 글자는 글자고, 그림은 그림이 아닌가? 글자를 그림으로 표현하라니? 윤승이 손에 서신을 쥐고 멍하니 나인을 쳐다보자 나인이 답답해하며 말했다.

"한자는 원래 물건 모양을 본떠서 만든 글자래."

나인은 나뭇가지를 하나 집어 들더니 바닥에 산을 그리고 그 옆에 한자로 山(뫼 산) 자를 썼다.

"옛날 사람들은 산을 보고 이런 글자를 만들었대. 비슷하게 생겼지? 산도 이렇게 뾰족뾰족하잖아."

나인이 손가락으로 편지를 가리키며 말했다.

"여기 첫 번째 글자는 '그릴 모(慕)'야. 낯선 타국에서 어머니와 고국을 그리워하는 마마의 마음을 말해. 두 번째 글자는 '충성 충(忠)'. 조선의 세자빈으로서 세자 저하를 도와 자신의 도리를 다하겠다는 마마의 진심을 나타내지."

나인은 점점 무슨 말인지 모를 소리만 해댔다.

"세자빈마마의…… 도리가 뭔데요?"

"응? 그, 그걸 내가 어떻게 알아?"

생각지도 못한 질문이었는지 나인은 당황해서 말을 얼버무렸다.

"나도 마마께서 알려 주신 대로 전달만 한 거야. 너라면 할 수 있다고 하셨으니까 이제부터 네가 생각해."

거기까지 말하고 나인은 여기서 너무 오래 있었다며 서둘러 돌아갔다. 윤승은 방으로 들어가 나인이 준 종이를 바닥에 펼쳤다.

'한자가 원래 그림이었다고?'

머릿속에 모란이 피고 나비가 날아다녔다. 눈감고도 수놓을 수 있을 만큼 익숙한 것들. 윤승은 모란과 나비가 글자의 획 안으로 들어가는 상상을 했다. 이렇게 하면 그림이 글자가 되나?

'아니야. 획이 뚜렷하게 남아 있으면, 그냥 글자 옆에 그림이 있는 것처럼 보일 거야. 게다가 모란과 나비는 이 글자들의 뜻과 아무 상관도 없잖아.'

윤승은 종이를 끌어와 붓을 들고 서신에 적힌 두 글자를 커다랗게 따라 그려 보았다. 慕와 忠.

'누군가를 그리워하는 마음⋯⋯.'

자신이 누나를 보고 싶어 하는 것처럼 세자빈마마도 고향에 두고 온 가족이 그리운 것이겠지. 그런데 그 마음을 어떻게 그림으로 표현해야 하는지 알 수가 없었다.

더 큰 문제는 세자빈의 도리였다. 윤승은 '도리'라는 말의 뜻조차 짐작이 되지 않았다. 나인도 대답하지 못하는 것을 자기보고 생각하라니. 이렇게 막무가내로 일을 시키면 어쩌라는 거야? 속이 답답했다. 그렇다고 감히 세자빈마마를 찾아가 물어볼 수도 없는 노릇이었다.

생각은 떠오를 듯하다가 날아가 버렸고, 잡힐 듯하다가도 사라져 버렸다. 그래도 윤승은 포기하지 않고 글자를 그리고 또 그렸다. 백 번이고 천 번이고 그리다 보면 뭐라도 떠오를 것이라 생각하면서. 서서히 어두워지는 하늘처럼, 하얗던 종이가 점점 까맣게 물들어 갔다.

뛰어난 자수 장인

　윤승은 붉은 기둥을 가로지르는 알록달록한 단청 장식을 올려다보았다. 크기도 화려함도 강 대인의 저택에 한참 못 미치는 건물이었지만, 커다란 마차에서 내려 건물 안으로 들어가는 청나라 귀부인들을 보자 기가 죽었다. 윤승은 옆구리에 수틀을 단단히 끼고 건물 주위를 또 한 바퀴 돌았다.

　'진씨 부인은 세자빈마마가 그림 문자를 만들라고 명을 내린 걸 어떻게 알았을까?'

　이른 아침 진씨 부인을 모시는 여종 아이가 찾아왔다. 아이는 윤승에게 서신과 지도를 건네며 "만수각에 가서 서 사부님을 찾으라."는 진씨 부인의 말을 전했다. 그곳에 가면 수놓는 법을 가르쳐 줄 훌륭한 스승이 있다고 덧붙였다. 윤승은 몇 번이나 고맙다고 말했다.

만수각을 찾아오는 동안 윤승은 강 대인의 집에서 쫓겨났던 일을 떠올렸다. 물론 윤승이 쫓겨난 것은 진씨 부인 잘못이 아니었다. 진씨 부인은 윤승을 도울 형편도 못 됐다. 하지만 또 그런 일에 휘말리면 어쩌나 하는 두려움이 자꾸 생겼다.

정문 앞으로 돌아온 윤승은 종이에 쓰인 글씨와 현판의 글씨 형태를 확인했다. 만수각(滿繡閣).

'들어가자. 진씨 부인이 그림 문자 이야기를 어떻게 알았는지는 몰라도 지금 나한테 스승님이 필요한 것은 사실이니까.'

마침내 윤승은 돌계단을 올랐다. 붉은 기둥 사이를 지나자 뜻밖에도 여러 가지 자수 작품을 전시한 공간이 나타났다. 전시관 사방에는 자수 병풍이 세워져 있고 족자로 만든 자수 작품도 걸려 있었다.

산수를 수놓은 것부터 화조도, 초충도, 심지어 영모도와 인물도까지 아름다운 색채는 물론 바림(색깔을 칠할 때 한쪽을 짙게 하고 다른 쪽으로 갈수록 차츰 엷게 나타나도록 하는 방법)을 이용하여 입체감을 표현한 솜씨가 보통이 아니었다.

'도대체 누가 이런 작품을 만들었을까?'

윤승은 자기가 왜 이곳에 왔는지도 잊어버린 채 한참이나 넋 놓고 작품을 구경했다. 좀 더 안쪽으로 들어가자 여인들이 쓰는 다양한 주머니며 부채 같은 소품들이 탁자 위에 진열되어 있었다. 하지만 윤승의 눈을 사로잡은 것은 작은 액자 두 개와 그 안에 들어 있는 기묘한 자수였다. 왼쪽 액자에는 두 사람이 앉아 있었는데 그중 한 명은 등에 날개가 달렸다.

'도대체 뭘 표현한 거지? 동물도 아니고 사람 등에 날개가 달렸다니?'

두 사람은 모두 노란색 머리를 했는데, 이제껏 윤승이 본 적 없는 낯선 옷을 입었다. 직물 전체에 금사를 두르고 금사에 색실을 감아 수놓은 기법은 화려하면서도 신비로운 분위기를 자아냈다.

오른쪽 액자 속 자수 초상화는 왼쪽 것보다 더 이상했다. 배경에 아무것도 없이 사람의 상반신에만 수를 놓았다. 샛노란 머리에 하얀 얼굴, 오뚝한 코, 파란 눈. 윤승이 한 번도 보지 못한 생김새였다.

'세상에 이렇게 생긴 사람이 있다고? 조선은 물론 대국의 자수도 아니야. 도대체 만수각은 어떤 곳일까?'

윤승은 서 사부가 어떤 사람인지 몹시 궁금했다.

"혹시 찾으시는 물건이 있습니까?"

웬 아이 하나가 다가와 말을 걸었다. 전시관 안에서 두리번거리는 윤승이 신경 쓰인 모양이었다. 번뜩 정신이 든 윤승은 진씨 부인이 준 서신을 어정쩡하게 들어 올리며, 여기가 서 사부 계신 곳이 맞는지 물었다. 아이가 전시관 안쪽 복도를 가리켰다.

"저기, 복도에서 이야기하고 계신 분이 사부님입니다. 손님이 나가실 때까지 잠시 기다려 주세요."

아이 손가락 너머 나무 기둥 사이로 푸른색 비단옷을 입은 키 작은 남자가 보였다.

'사부님이 남자라고? 조선에선 남자가 수를 놓으면 안된다고 어머니마저 반대했는데.'

윤승은 호기심이 일어 서 사부를 유심히 지켜보았다. 툭튀어나온 두 눈이 부리부리했다. 만날 등잔불 아래서 밤새 수놓으면 눈이 곧 개구리처럼 튀어나올 거라던 누나의 잔

소리가 떠올라 피식 웃음이 났다.

기둥 너머로 언뜻 또 다른 사람이 보였다. 윤승은 서 사부가 남자란 것을 알았을 때보다 더 깜짝 놀랐다. 액자 속 그림에서 본 노란 머리를 한 사람이 눈앞에 서 있었기 때문이다. 키가 너무 커서 멀리서 보면 서 사부가 꼭 어린아이처럼 보였다.

서 사부가 이야기를 마치자 윤승에게 말을 걸었던 아이가 부리나케 달려갔다. 아이가 손님을 모시고 만수각 밖으로 나가는 사이 윤승이 쭈뼛거리며 서 사부에게 다가가 조심스럽게 인사했다. 서 사부가 윤승을 빤히 보며 되물었다.

"처음 보는 얼굴인데, 넌 누구냐?"

윤승은 대답 대신 편지를 내밀었다. 미심쩍다는 표정으로 서 사부는 윤승의 손에 들린 편지를 낚아챘다.

편지에 무슨 내용이 적혔는지, 서 사부의 미간이 점점 좁아지더니 다 읽은 편지를 구겨 바닥에 던져 버렸다. 윤승은 가슴이 덜컥 내려앉았다.

"흥! 강 대인? 팔왕? 그런 이름을 팔면서 내게 이래라저래라 하면 내가 어이쿠, 알아 모시겠다 할 줄 알아?"

윤승이 깜짝 놀라 뒤로 물러났다. 서 사부는 연거푸 내쏘

듯이 말했다.

"조선에서 왔다고? 너는 강 대인과 팔왕이 누군지는 아느냐? 여기에 무엇이 적힌 줄 알고 이 편지를 가져왔느냐?"

"저는 여기 수를 가르치는 스승님이 계신다고 해서, 수놓는 것을 배우려고……."

목소리가 자꾸만 기어들어 갔다.

"나는 너한테 볼일이 없다. 팔왕이고 강 대인이고 나랑은 상관없는 사람들이야. 어차피 나는……."

서 사부는 무언가 말하려다 멈칫하며 말을 끊었다.

"너한테 이런 얘길 할 까닭이 없지. 어쨌든 난 너를 제자로 들일 생각이 없으니 돌아가라."

서 사부는 전시관 안쪽으로 몸을 돌려 뒤도 돌아보지 않고 마당 오른편 건물 안으로 휙 들어가 버렸다. 허둥지둥 서 사부 뒤를 쫓던 윤승은 건물 앞에 우뚝 섰다. 차마 건물 안까지 쫓아 들어가지 못했다. 다리가 말뚝 박힌 것처럼 움직이지 않았다.

마당 한쪽에 덩그러니 서 있는데 주위에서 웅성거리는 소리가 들려왔다. 몇몇 사람들이 자리에서 일어나 윤승을 보고 수군거렸다. 윤승은 얼굴이 붉어졌고 심장도 쿵쿵 뛰었다. 얼른 이곳을 나가고 싶었다.

포기하고 돌아갈 수도 없는 노릇이었다. 세자빈이 시킨 일을 제대로 해내야 누나를 찾겠다는 말이라도 꺼낼 수 있을 테니까.

벌떡대는 가슴을 진정시키려 애쓰면서 윤승은 주위를 찬찬히 둘러보았다. 마당 한가운데 연못이 있고 건너편 건물에 사람들이 삼삼오오 앉아 수를 놓고 있었다. 대부분 남자였고, 심지어 갓 쓰고 두루마기 입은 조선 양반도 드문드문 섞여 있었다.

모두 서 사부의 제자일까. 궁금한 마음이 든 윤승은 서 사부가 사라진 쪽이 아니라 수놓는 사람들 쪽으로 걸어갔다. 조선 양반들이 일하는 것을 흘끗 보니 어떤 이는 초충도, 어떤 이는 화조도를 수놓고 있었다. 제각각인 도안처럼 실력도 제각각이었다.

'저렇게 실력이 형편없는 사람도 제자로 받아 주시면서 왜 나는 안 된다는 거야?'

양반이 아니라서 그런가 싶어 윤승은 속이 상했다. 그때 한쪽 구석에서 수를 놓던 여자아이가 머리를 감싸 쥐고는 자리를 박차고 일어났다.

"에잇, 속상해. 또 망쳤어!"

아이는 가지런히 자른 앞머리가 마구 헝클어진 줄도 모르고 수틀을 뚫어져라 노려보았다. 아무래도 자기와 비슷한 또래 같았다.

윤승은 아이 눈치를 보다 슬쩍 다가갔다. 아이는 어미 닭과 병아리 그림을 수놓고 있었다. 자수품은 높은 분들이 쓰는 것이라 꽃이나 동물을 화려하게 수놓기 마련인데 아주 소박한 그림이었다. 신기하게도 흔하지 않아 도리어 새로워 보였다.

'완성만 하면 꽤 괜찮은 작품이 될 것 같은데…….'

윤승은 용기를 내어 여자아이 쪽으로 걸음을 더 옮겼다.

"저기, 내가 좀 도와줄까?"

아이가 눈을 동그랗게 떴다.

"뭐? 내가 망친 자수를 고쳐 보겠다는 거야?"

아이가 관심을 보이자 옳다구나 하는 생각이 들어 윤승은 얼른 대답했다.

"여기 병아리 등 때문에 그러지? 색에 변화를 주려다 털이 조금 뭉친 거라 몇 땀만 수정하면 금세 좋아질걸?"

"정말? 그 말 진짜야? 그럼 얼른 도와줘!"

아이는 윤승의 옷자락을 잡아끌며 빨리 해 보라고 재촉했다. 윤승은 얼떨결에 자리에 앉아 바늘을 잡았다. 앉아서 찬찬히 보니 얼마나 잘 그린 그림인지 감탄이 절로 나왔다. 잘 살려서 아이가 자수를 완성할 수 있게 하고 싶었다.

윤승은 바늘귀가 있는 쪽으로 땀을 훑어 내려가면서 잘못된 부분을 가위로 잘라 냈다. 그런 뒤 갈색, 고동색, 황토색 실을 꺼내 가느다란 꼰사를 만들었다.

윤승이 손을 움직일 때마다 병아리 몸통 위에 실이 한 가닥씩 걸치면서 병아리 털이 한 올씩 살아났다. 얼굴과 등 쪽엔 갈색과 고동색을 번갈아 수놓아 얼룩덜룩한 털을 표현했고, 배 쪽은 등보다 가는 황토색 실을 사용해 부드러운 느낌을 살렸다. 병아리의 가느다란 다리는 이음수로, 검은 눈동자는 매듭수(실을 바늘에 감아 매듭지게 놓는 수)로 마무리했다. 수틀 위에서 막 태어난 병아리 세 마리가 어느새 삐악삐악 뛰놀았다.

잔뜩 긴장하고 수를 놓았기 때문인지 목 주위가 뻐근했다. 윤승은 천 위에 바늘을 꽂고 잠시 고개를 젖혔다. 이제껏 말없이 지켜보던 아이가 수틀 가까이 얼굴을 들이밀었다. 윤승은 당황해서 얼른 의자를 옆으로 밀며 비켜났다.

"너, 지금 이거 어떻게 한 거야? 정말 몇 땀 뜯어내고 다시 수놓은 것만으로 이렇게 달라진다고?"

아이 호들갑에 사람들이 하나둘 윤승의 근처로 모였다. 조선 양반 몇이 그들 사이에 섞여 있었다. 뒤쪽에서 누군가 말했다.

"진짜 살아 있는 병아리 같지 않아?"

"허허, 그러게나 말일세. 그림도 이렇게 생생하게 표현하기는 힘들겠어."

너도나도 한마디씩 거드는 통에 주변이 점점 소란해졌다. 언제 나왔는지 서 사부가 그 모습을 보고 소리쳤다.

"온종일 수만 놓아도 실력이 늘까 말까 한 사람들이 모여서 수다나 떨고 있어?"

서 사부를 보고 당황한 윤승이 자리에서 벌떡 일어났다.

'아직 안 가고 여기서 뭐 하냐 야단치시면 어쩌지?'

꼭 일을 저지르고 난 다음에야 걱정하는 자신이 바보 같았다. 서 사부는 윤승이 고쳐 놓은 자수를 바라보다가 조선 양반들을 흘깃 보며 한마디 했다.

"조선에서 온 자들은 재주가 형편없는 줄 알았는데 다

그렇지는 않군."

그 말을 들은 양반들이 쑥스러운 표정을 지으며 하나둘 제자리로 돌아갔다. 이때다 싶어 윤승은 서 사부 앞에 넙죽 엎드렸다.

"사부님, 제발 저도 가르쳐 주십시오. 누구보다 열심히 하겠습니다."

옆에 서 있던 여자아이도 이게 무슨 일인가 하는 얼굴로 윤승을 한 번, 또 서 사부를 한 번 쳐다보았다. 그러거나 말거나 윤승은 매달렸다.

"내용도 모르는 편지를 들고 온 결례를 용서해 주십시오. 하지만 저는 꼭 여기서 사부님께 수놓는 것을 배워야 합니다."

갑자기 주변이 조용해졌다. 잠시 후, 서 사부가 침묵을 깼다.

"정 그렇다면 어디 내 제자가 될 만큼 실력이 있다는 걸 증명해라. 앞으로 한 시진(약 두 시간) 안으로 저 암탉을 완성한 다음 내게 가지고 와."

"예? 이걸 저보고 완성하라고요?"

"남의 자수에 먼저 손댄 건 네놈이 아니냐? 네가 책임지고 끝내라는 말이다."

잠시 멍하니 있던 윤승은 서 사부가 기회를 준 것에 뛸 듯이 기뻤다가 순식간에 암담한 심정이 되었다. 암탉을 완성하기에는 턱없이 부족한 시간이었기 때문이다. 그래도 대답은 하나뿐이었다. 윤승은 건물 안으로 사라져 가는 서 사부의 등 뒤에 대고 외쳤다.

"하겠습니다! 꼭 해내겠습니다!"

그새 서 사부는 사라져 보이지 않았다. 옆에 있던 여자아이가 윤승의 등을 톡톡 건드렸다.

"괜히 나 때문에 큰일 난 거 아니야? 이걸 어떻게 한 시진 안에 끝내?"

아이 얼굴에 미안한 빛이 돌았다. 윤승은 고개를 세차게 저었다.

"네 잘못 아니야. 먼저 고쳐보겠다고 말한 건 나잖아."

더는 아이에게 대꾸할 틈도 없었다. 실패하면 다시는 만수각에 오지 못할 것이다. 윤승은 얼른 바늘에 새 실을 꿨다. 시간이 모자라 병아리를 고칠 때처럼 암탉 몸통 전체에 새털수를 놓는 것은 불가능했다. 급하다고 두 땀을 한 번에 놓을 수도 없는 노릇이다. 다행한 일은 병아리와 달리 닭은

솜털이 별로 없어 굳이 새털수를 고집할 이유가 없었다.

윤승은 평수와 자련수를 이용해 빠른 속도로 몸통 깃털을 수놓았다. 배 부분 바깥쪽에는 새털수를 놓아 부드러운 털을 표현했고, 몸통 다른 부분의 깃털과 깃털 사이는 이음수로 정리했다. 입체감은 줄었지만 선이 또렷해지면서 닭의 깃털이 살아났다.

윤승이 가장 집중한 부분은 암탉의 얼굴이었다. 가는 고동색 실로 부리 사이에 이음수를 놓아 먹이를 쥔 채 부리를 앙다문 모습을 강조했다. 또 검은 눈동자를 평수로 놓은 다음 황토색 실로 한 번, 고동색 실로 또 한 번 가장자리를 이음수로 둘러 눈에 깊이감을 주었다. 마지막으로 붉은색 실로 암탉의 볏을 마무리했다.

"너, 대체 뭐야? 응?"

그 소리에 윤승이 깜짝 놀라 뒤를 돌아보았다.

"계속 지켜보고 있었던 거야?"

여자아이는 대꾸도 없이 윤승의 얼굴만 빤히 바라보았다. 윤승의 귓불이 붉어졌다. 때마침 서 사부가 윤승에게 이리 오라고 손짓했다. 윤승은 속으로 다행이라고 생각하며 수틀을 들고 서 사부가 있는 곳으로 뛰어갔다. 두 사람은 연못 왼편 건물 안 작은 방으로 들어갔다.

"거기 앉아라."

윤승은 탁자 앞에 앉아 아직도 화끈거리는 얼굴을 손등으로 식혔다. 서 사부가 주전자와 찻잔을 담은 쟁반을 들고 왔다. 윤승이 탁자 위에 수틀을 올려놓으려고 하자 서 사부가 손으로 막으며 차를 찻잔에 따랐다. 윤승은 수틀을 탁자 다리에 기대어 놓았다.

"너는 왜 수를 놓느냐?"

"예?"

난데없는 질문에 윤승은 자기도 모르게 서 사부를 마주 보았다. 서 사부는 등을 의자에 기대고 느긋하게 차를 한 모금 마셨다.

왜라니요? 윤승은 눈으로 그렇게 되물었다. 윤승의 기억 속에서 외할머니는 늘 수를 놓았고, 엄마도 어지간해서는 손에서 바늘을 놓은 적이 없었다. 그다음 차례는 누나였고 누나가 아픈 뒤로는 윤승이 그 자리를 대신했다. 누구도 왜 수를 놓는지 말한 적이 없고 궁금해하지도 않았다. 윤승의 가족은 언제나 수를 놓았다. 수를 놓아야 돈을 벌고 그래야 먹고 살 수 있었으니까.

"질문이 어려우냐? 그럼 이렇게 묻겠다. 너는 무엇을 위해 수를 놓느냐?"

머릿속에서 누나와 엄마, 외할머니 얼굴이 빙빙 돌았다. 윤승은 애꿎은 수틀 가장자리를 손으로 만지작거리며 한참 동안 대답할 말을 찾았다.

"엄마와 누나가 언제나 수를 놓았습니다. 그래서…… 저도 수를 놓았습니다."

너무나 당연하게 생각했던 일이, 이렇게 말하고 나니 몹시 궁색하게 들렸다.

"가족을 위해서? 그러면 지금은? 편지에 조선에서 왔다고 쓰여 있던데, 여기에 가족이 있느냐?"

돌아가신 부모님과 헤어진 누나를 생각하자 순식간에 머릿속이 하얘졌다.

"그럼, 여기 온 다음에는 무엇을 위해 수를 놓았느냐?"

무엇을 위해서였을까? 여종 아이를 구하려고? 진씨 부인의 명령 때문에? 세자빈마마의 은혜를 갚으려고? 세 가지 모두 맞는 것도 같고 또 어떻게 생각하면 그중 어느 것도 답이 아닌 것 같았다.

"심양에 와서는 제대로 수를 놓은 적이 없습니다. 아니,

그럴 뻔했지만 제가 일을 망쳤어요. 하지만 다시 기회가 생겼습니다. 여기서는 살아남기 위해 수를 놓을 겁니다."

힘겹게 꺼낸 이야기였는데 서 사부는 그 말을 듣고 웃었다. 처음엔 씩 웃더니 이윽고 소리 내 웃기 시작했다.

'뭐가 저렇게 우습지?'

기분이 나빴지만 서 사부가 원하던 답이 아니었나 싶어서 윤승은 다른 답을 찾아보려 애썼다.

"수를 놓으면 다른 걱정은 전부 사라졌습니다. 고향에서는 누나가 아픈 것도 잊을 수 있었고, 또 여기서는 매 맞던 일도……."

서 사부가 윤승의 말을 가로챘다.

"그러면 만수각에는 왜 온 것이냐? 이미 기회를 얻었다면 거기서 수를 놓으면 될 텐데."

윤승은 서 사부가 또 자기를 쫓아낼까 걱정이 되어 바로 대답했다.

"그림 문자를 수놓아야 하는데 아직 재주가 부족해 어떻게 하는지 모르겠습니다."

"그림 문자?"

"예, 세자빈마마의 분부로 마마를 위한 그림 문자를 수

놓아야 하는데……."

"세자빈? 조선의 세자빈마마를 위해 그림 문자를 수놓아야 한다고?"

서 사부가 또 윤승의 말을 잘랐다. 목소리에 노기가 어렸다. 조금 전까지 서 사부 얼굴에 있던 웃음기는 사라지고 눈썹이 일그러졌다. 순식간에 방 안 공기까지 차갑게 식어버린 듯했다. 윤승은 서 사부가 무엇 때문에 화가 났는지 알 수가 없었다.

"네가 세자빈마마를 위해 만들어야 한다는 그림 문자보다 더 중요한 게 뭔지 아느냐?"

윤승은 영문을 모른 채 서 사부를 바라보았다.

"왜 수를 놓는지 아는 거다. 그걸 모르면 재주가 있어도 남들에게 휘둘리기만 하고 자신을 위한 삶을 살 수 없다."

윤승은 뒤통수를 세게 맞은 기분이었다.

'무엇을 위해 수를 놓는지 모르면 남들에게 휘둘리기만 한다고? 어쭙잖은 재주를 부리려다 상황만 나빠졌던 건, 내가 무엇을 위해 수를 놓는지 몰라서였다는 말인가? 사부님은 내가 강 대인의 집에서 쫓겨났던 일을 아는 것일까? 아니지, 지금 그게 중요한 게 아니다. 나를 위한 삶이라니?

그게 무슨 말일까? 사람은 전부 태어날 때 정해진 대로 사는 거 아닌가?'

사실 태어날 때부터 정해진 대로라면 윤승은 지금도 고향에서 어머니, 누나와 수를 놓으며 살아야 했다. 청나라 병사들이 쳐들어오지 않았다면 부모님은 아직 살아 있었을 테고 자신도 심양에 끌려와 노예가 되지 않았을 테니까.

오만 가지 생각이 머릿속을 스치다 한순간 누나 얼굴이 또렷하게 떠올랐다.

'나를 위한 삶이 뭔지는 모르지만, 나한테 제일 중요한 일은 헤어진 누나를 찾는 거야.'

그때 서 사부의 목소리가 들려왔다.

"어쩌면 지금 너에겐 도리어 잘된 일인지도 모른다. 이런 생각은 해 본 적이 없었을 테니까. 이번 일을 계기로 스스로 그 답을 한번 찾아봐라."

그리고 한마디 덧붙였다.

"세자빈마마를 위한 그림 문자라고 했지? 그렇다면 그림 문자에 대한 답은 여기가 아니라 세자빈마마가 있는 곳에서 찾아야지."

서 사부가 방문을 열고 밖으로 나갔다. 윤승은 벌떡 일어나 그 뒤를 쫓았다. 누나를 찾으려면 여기서 꼭 수를 배워야 한다 말하고 싶었다. 그러나 한 걸음 옮기기도 전에 옆에 놓아둔 수틀이 발에 걸려 나동그라졌다. 윤승은 엉거주춤한 자세로 수틀을 주워 책상 위에 올려놓았다. 서 사부는 암탉을 완성해 가져오라 하고서 자수엔 눈길 한번 주지 않았다.

'완성한 수에 관심이 없었다면 굳이 나를 부른 이유는 무엇일까? 또 왜 그런 질문을 했지?'

윤승은 그 자리를 서성이며 혹시나 서 사부가 다시 돌아올까 기다렸다. 그러나 한참이 지나도 서 사부는 나타나지 않았다.

뜻을 품은 그림 문자

터덜터덜 심양관으로 돌아온 윤승은 저녁을 먹고 방에 들어박혀 한자를 따라 그렸다. 그러는 사이 해가 지고 순식간에 밖이 어두워졌다. 윤승은 등불을 밝히려다 멈칫했다. 종이에 글씨만 계속 따라 그리면 뭐 하나, 하는 생각이 들었기 때문이다. 윤승은 붓을 내려놓고 서 사부가 했던 말을 곱씹었다.

'심양관에 답이 있다니. 심양관을 그려서 수를 놓으라는 건 아닐 텐데.'

아무리 머리를 쥐어짜도 떠오르는 게 없었다. 가만히 앉아 생각만 하다 보니 까무룩 잠이 들었다 깨기만 반복했다.

그렇다고 마음 편히 푹 쉴 것도 아니었다. 윤승의 속도 모르고 하늘은 어느새 환하게 밝아 오고 있었다.

윤승은 문을 열고 밖으로 나갔다. 문지기에게 세자빈마마의 심부름이라고 둘러대고 심양관을 나섰다. 반 시진쯤 걷자 슬슬 다리가 아팠다. 윤승은 길 한쪽에 심겨진 커다란 느릅나무에 기대어 앉았다.

얼굴에 스치는 바람이 시원했다. 스르르 눈이 감겼다. 어느 순간 윤승은 오래전의 시간 저 너머를 보고 있었다. 조선인들이 눈보라를 헤치며 꽁꽁 언 압록강을 건너던 때를. 괴로워하는 사람들의 표정 하나하나가 또렷하게 보였다. 그들의 떨리는 어깨와 부르튼 손발까지. 채찍에 맞고 쓰러진 깡마른 소년이 보였다. 자신의 모습을 보고 윤승은 화들짝 놀라서 눈을 떴다.

'아, 잠이 들었구나.'

옷깃을 여미고 다시 눈을 감았다. 머릿속이 까매지더니 장면이 바뀌었다. 노예 시장이 나타났다. 세자빈마마가 천막 사이를 걷고 있었다. 뒤이어 속환되어 남문을 빠져나가는 사람들 모습이 보였다. 머릿속이 까매지고 또 다른 장면이 나왔다. 이번에는 왕부촌에서 농사짓는 백성들이었다.

누군가 짓궂은 얼굴로 느닷없이 커다란 가지를 던졌다. 엉겁결에 가지를 받으려던 윤승은 발이 엉켜 바닥에 철퍼덕 넘어졌다.

"아악!"

윤승은 팔다리를 허우적거리다 잠에서 깼다. 꿈이었지만 조금 전 일처럼 생생했다. 왠지 꿈에서 본 걸 잊지 말아야 할 것 같아서 윤승은 나뭇가지 하나를 집어 바닥에 그림을 그리기 시작했다. 압록강을 건너는 사람들, 노예 시장에서 본 세자빈마마 그리고 왕부촌에서 농사짓는 조선 백성까지.

어디선가 떠들썩한 소리가 났다. 눈을 들어 보니 농장에서 수확한 채소를 싣고 심양관으로 가는 아저씨들이었다. 농사가 잘됐는지 다들 얼굴이 밝았다.

윤승이 찢어진 바지를 고쳐 주었던 아저씨가 윤승을 알아보고 손을 흔들었다. 윤승이 일어나서 인사하자 아저씨가 손짓으로 윤승을 불렀다.

"참외 농사가 잘돼서 맛이 아주 기가 막힌다. 얼른 먹어봐."

안 그래도 허기가 져 배 속에서 꼬르륵 소리가 나던 참이었다. 윤승은 얼른 달려가 참외를 받아 들고 한 입 깨물었다. 아삭하게 씹히는 맛이 좋았다.

"고맙습니다. 농사짓느라 힘드시죠?"

별 생각 없이 한 질문이었는데 여기저기서 "그게 무슨 말이냐?", "이보다 더 좋을 수가 없다."는 대답이 날아왔다.

"여기서는 두들겨 맞는 일도 없고 배곯는 일도 없으니까. 또 다 같이 농사지어서 그런지 꼭 고향에 돌아온 기분이 들고."

아저씨가 씩 웃으며 말했다. 옆에 있던 다른 아저씨도 말을 거들었다.

"들리는 말로는 심양관에서 재배한 농산물을 비싼 값에 청나라 귀족들한테 팔기도 한대. 조선 사람이 농사지은 게 청나라 사람이 농사지은 것보다 훨씬 맛있다면서."

"맞아. 곡식을 많이 팔아서 심양관이 부자가 됐다는 소문도 있어. 그 때문인지 요즘 세자빈마마께서 속환한 조선 사람 숫자가 엄청나게 늘었대."

"저기 사하보에도 사람이 꽤 된다 하더라고."

신이 나서 떠드는 아저씨들 이야기를 듣다 보니 윤승도 기분이 좋아졌다. 별안간 윤승은 깨달았다. 세자빈마마가 이곳에서 자신의 도리를 다하겠다고 한 충성 충(忠)의 뜻이 무엇인지.

'심양에서도 조선 백성을 끝까지 살피겠다는 뜻이었어. 아까 꿈에서 본 것을 그려 그림 문자로 만들면 되겠다!'

윤승은 아저씨들에게 인사하는 것도 잊고 허겁지겁 심양관으로 달려갔다. 방 안에 뛰어 들어가자마자 먹을 갈고 세필로 그림을 그리기 시작했다. 이미 나뭇가지로 한 번 그렸기 때문인지 압록강을 건너는 사람부터 왕부촌에서 농사짓는 사람까지 그리는 데 막힘이 없었다.

윤승은 다 그린 그림을 하나씩 가위로 오린 다음, 그릴 모(慕)와 충성 충(忠)을 크게 써 놓은 종이를 펼쳤다. 글자 모양을 살피며 그 위에 사람들을 배치했다. 글자를 눈치채기 어렵게 획을 지우고 그 자리에 꽃이나 작은 곤충을 적절히 끼워 넣는 것도 잊지 않았다.

'그림 그리는 것보다 배치하는 게 훨씬 어렵네.'

한참을 끙끙댄 후에야 자수 놓을 그림의 윤곽이 보였다. 밑그림이 완성될 즈음 윤승의 등은 땀으로 흥건하게 젖어 있었다.

윤승은 완성한 그림을 들고 만수각으로 뛰어갔다.

'내가 제대로 답을 찾았다면 서 사부가 날 쫓아내지 않을 거야.'

물론 답이 변변치 않다면 다시는 서 사부를 볼 수 없을지도 모른다. 윤승이 전시관을 지나 안뜰에 들어섰을 때, 연못에 물고기 먹이를 던지는 서 사부가 보였다.

"사부님, 안녕하세요. 수놓을 밑그림을 그려 왔습니다."

첫날과 달리 윤승은 큰 목소리로 인사하고 서 사부에게 밑그림을 내밀었다. 서 사부는 얼결에 그림을 받아 들고 잠깐 망설이다가 곧 고개를 숙이고 뚫어지게 그림을 들여다보았다.

"네가 만들어야 한다던 그림 문자란 말이지?"

"예."

윤승은 침을 꿀꺽 삼키고 대답했다.

"문양이란 본래 그 속에 전하고 싶은 뜻이나 바람을 담은 것이다. 그림이든 자수든 마찬가지다. 네가 만든 그림 문자는 세자빈이 전하려는 뜻을 담은 새로운 문양이라고 할 수 있겠구나."

"제가 새로운 문양을 만들었다고요?"

"그러면 뭘 하는지도 모르고 이걸 그린 것이냐?"

윤승은 잔뜩 긴장한 채 서 사부의 얼굴을 바라보았다. 뜻밖에도 서 사부는 윤승을 나무라지 않고 손가락으로 압록강을 건너는 그림 속 조선 사람들을 가리켰다.

"꽤 괜찮은 문양을 만들었구나. 특히 여기, 강을 건너가는 사람들 움직임과 표정이 생동감 있다. 좋은 눈을 가졌다는 증거야. 대개 수놓는 사람들은 누대로 전해지는 수본을 보고 베끼기만 해서 그림을 잘 그리는 자가 드물거든."

기대하지 않았던 칭찬에 윤승은 쑥스러워 귀밑이 달아올랐다.

"남이 수놓은 것을 따라 하려고만 하면 좋은 작품을 만들 수 없다. 그동안 그림 연습은 어떻게 했느냐?"

"주위에서 본 것을 땅바닥에 나뭇가지로 그렸습니다."

그런 윤승이 기특했는지 서 사부의 말투가 한결 부드러워졌다.

"한자가 금세 눈에 들어오지 않도록 그림을 배치하려 애쓴 흔적이 보이는데, 무슨 의도가 있는 것이냐? 꼭 글씨를 감추려고 한 것처럼 말이다."

서 사부의 날카로운 지적에 윤승은 속으로 뜨끔했다. 하지만 세자빈마마가 청 황실의 감시를 피하고 싶어 한다고 말할 수는 없었다. 서 사부는 청나라 사람이니까. 그렇다고 전혀 뜬금없는 말을 하면 거짓말인 것을 서 사부가 금방 눈치챌 것이다. 윤승은 잠시 고민하다 대답했다.

"세자빈마마께서 글씨를 그림으로 한번 표현해 보라 하셔서 그리 만들었습니다."

"흠, 굳이 그래야 하는 이유를 모르겠구나. 글자 모양을 살려도 충분히 아름다운 문양이 될 텐데."

서 사부가 고개를 갸웃거렸다. 서 사부가 꼬치꼬치 캐물을까 봐 윤승은 마음이 조마조마했다. 다행히 서 사부는 윤승의 밑그림에 계속 흥미를 보였다.

"중간에 있는 꽃이나 곤충, 구름 위치를 보아하니 이 그림 문자는 그릴 모(慕)와 충성 충(忠) 두 글자를 표현하려 한 것 같구나."

제 딴에는 몇 날 며칠을 고민하여 만든 그림 문자의 본래 글자를 서 사부가 단번에 알아챈 것에 윤승은 적잖이 놀랐다.

'글을 읽을 줄 알면 같은 것을 보고도 사부님처럼 더 많은 걸 알아낼 수 있게 될까?'

글공부를 하면 수를 더 잘 놓을 수 있을까? 이제껏 한 번 도 해 보지 못했던 생각이다. 수를 잘 놓는 데 도움 된다면 무엇이든 배우고 싶었다. 생각에 빠지려는 윤승을 서 사부 가 다시 끄집어냈다.

"밑그림은 이것 한 장뿐이냐? 이왕 밑그림을 그려 왔으 니 똑같이 하나 더 그려서 먼저 색을 칠해 보아라."

"색을 칠해요?"

"수놓기 전에 색을 미리 정해 두면 실수를 줄일 수 있다. 필요하면 채색한 그림과 자수를 함께 표현할 수도 있고. 수 를 놓으려면 밑그림에 채색하는 일은 기본이야."

윤승은 서 사부가 알려 준 대로 연못 건너편 건물 안으 로 들어갔다. 오른쪽으로 방향을 틀어 복도 끝까지 걸어가 자 밑그림을 준비하는 방이 나왔다. 밑그림에 채색하고 수 를 놓으라니, 이 정도면 앞으로 만수각에서 수를 공부해도 좋다고 허락받은 것이나 다름없었다. 자꾸만 웃음이 실실 새어 나왔다.

방 안에 들어서자 은은한 묵향이 콧속에 스며들었다. 방 에는 커다란 책상 두 개가 나란히 있었는데, 책상 위 작은 접시에 담긴 색색의 물감은 조금 전까지 누가 사용한 듯

물기가 남아 있었다. 채색된 그림도 한 장 보였다. 앞뜰 연못에 있는 물고기를 그린 것이었다. 진한 녹색 연잎 사이로 헤엄치는 붉은 물고기의 힘찬 몸짓이 생동감 넘쳤다.

"어? 우리 또 만났네."

뜻밖의 목소리에 돌아보니 어제 병아리 수를 놓던 아이가 서 있었다. 생글거리는 아이의 낯빛에 윤승은 얼굴을 붉혔다.

"서 사부님이 밑그림을 채색해 오라고 하셔서……."

"벌써 채색을? 사형들도 달포는 그림 연습만 했는데. 아버지가 티는 안 내셔도 네가 꽤 마음에 들었나 보다. 우리 앞으로 자주 보겠는걸? 난 양양이라고 해. 넌?"

"난 윤승이야."

뭐? 아버지? 인사를 나눈 뒤에야 정신이 번쩍 들었다.

"아버지라고? 서 사부님이?"

"응."

윤승은 양양의 동그랗고 검은 두 눈을 흘끔 보았다. 불현듯 서 사부의 툭 튀어나온 두 눈이, 뒤이어 누나의 잔소리가 떠올랐다. 좀 더 친해지면 등잔불 아래서는 절대 수를 놓지 말라고 말해 줘야지 하고 윤승은 생각했다.

양양은 막 빨아 온 붓을 걸어 놓고 성큼성큼 걸어가더니 선반에서 흰 접시를 하나 꺼내 왔다. 양양이 걸을 때마다 길게 늘어뜨린 머리 위로 곱게 땋은 머리가 찰랑거렸고 지나간 자리에는 은은한 매화향이 풍겼다. 소맷자락에 오종종하게 수놓인 매화가 스스로 향기를 뿜는 것만 같았다.

"책상에 놓인 물감을 이 접시에 덜어 채색하면 돼. 다 쓰고 나면 붓이랑 접시는 뒤뜰 우물가에서 씻어 제자리에 놓고."

양양은 책상 위에 놓인 물고기 채색 그림을 챙겨 들고 윤승을 향해 생긋 웃더니 밖으로 나갔다.

'양양이 그린 그림일까?'

도화서 화원이 그렸다 해도 믿길 솜씨였다. 어제 본 어미 닭과 병아리 그림도 양양이 그렸을까? 윤승은 양양을 쫓아가 이것저것 더 물어보고 싶었다. 그림에 대해 더 묻고 싶은지, 양양에 대해 더 알고 싶은지 자신도 헷갈렸다.

윤승은 밑그림을 한 장 베끼고 채색할 붓에 물감을 묻혔다. 파란색 안료에서 매캐한 향이, 붉은색 안료에서는 비릿한 냄새가 풍겼다. 그 냄새마저도 윤승을 설레게 했다.

윤승은 채색한 그림을 들고 서 사부에게 갔다. 서 사부는 손으로 따라오라고 하더니 뒤뜰로 나갔다. 뒤뜰 오른편에는 단층으로 된 건물이 하나 있었다. 천장까지 닿는 키가 큰 접이식 문 여러 개가 활짝 열려 있었고, 안에는 남자 대여섯 명이 기다란 자수대 앞에 앉아 수를 놓고 있었다. 언뜻 보아도 병풍 같은 큰 작품이었다. 그들 중 한 사람이 호기심 가득한 눈으로 윤승을 힐끔거리다 서 사부의 기침 소리에 얼른 고개를 숙였다.

서 사부는 수방 끝까지 걸어가서 오른쪽 벽에 달린 문을 열었다. 기분 좋은 비단 냄새가 솔솔 났다. 한쪽 벽장에는 은은한 광택이 도는 비단이 층층이 쌓여 있고, 반대쪽에는 선반마다 색색의 실이 감긴 실패가 가지런히 놓여 있었다. 마치 세상의 모든 색이 이곳으로 빨려 들어온 듯했다.

서 사부가 바구니를 뒤적이더니 나무 실패 세 개를 꺼내 윤승의 앞에 내밀었다.

"이것들의 차이점이 무엇이냐?"

윤승은 세 가지 실을 자세히 들여다보았다. 모두 같은 붉은색 실이었지만 꼬임이 달랐다.

"가장 왼쪽에 있는 것은 꼬임이 없는 푼사(꼬지 않은 명주실)입니다. 나머지 둘은 꼰사인데, 가운데 있는 것은 오른쪽으로 꼰 우연사, 오른쪽에 있는 것은 왼쪽으로 꼰 좌연사입니다."

윤승이 거침없이 대답했다. 실에 대해서라면 할머니와 어머니, 누나에게 수도 없이 들었다. 내친김에 윤승은 서 사부가 묻지 않은 것까지 말했다.

"푼사는 보통 누에고치에서 나온 실 여덟 올을 합친 것입니다. 여덟 올보다 적게 할 수도 많게 할 수도 있습니다. 가닥수를 조절하면 아주 가느다란 꼰사나 굵은 꼰사를 만들 수 있습니다."

"잘 아는구나. 수는 그 용도에 따라 다른 문양을 쓴다. 문양에 따라 맞는 기법과 실을 사용해야 하지. 네 그림에 어울리는 바탕천을 정하고 실을 고르는 것이 좋은 작품을 만드는 첫걸음이다. 듣기로 조선에서는 꼰사를 많이 쓴다고 하던데, 대국의 수는 푼사가 기본이다. 이 그림 문자에 어떻게 수놓을지 생각하고, 필요한 실을 골라 오거라."

윤승은 채색한 밑그림을 바닥에 펼치고 바구니에서 실을 꺼내 꼼꼼히 살폈다. 두 개의 그림 문자 중 모(慕)는 붉은 천을, 충(忠)은 푸른 천을 사용할 생각이었다. 바탕천과 대비를 이루면서 그림의 뜻을 잘 드러낼 수 있는 주조색(어떤 곳에 많이 쓰여 주된 흐름이나 경향을 나타내는 색)을 먼저 선택해야 했다. 모(慕)는 노랑과 초록이, 충(忠)은 갈색과 회색이 잘 어울릴 것 같았다. 윤승은 명도가 다른 여러 단계의 색실을 골랐다.

수방으로 돌아가자 서 사부가 손으로 빈자리를 가리켰다. 윤승은 밑그림을 옮긴 천을 수틀에 고정하고 자수대 앞에 앉았다. 연한 황톳빛이 도는 푼사 한 가닥을 바늘에 꿰고, 전시관에서 보았던 인물도를 떠올렸다. 푼사로 생생하게 바림 효과를 준 남자의 얼굴을.

윤승은 조선에서 푼사를 써 본 적이 없었지만 만수각에서 이전에 보지 못했던 수를 보았으니 도전해 보고 싶었다.

'새로운 걸 만들어 보자. 한 번도 해 보지 않았던 것을.'

어느새 비단 위로 새로운 세상이 펼쳐졌다. 이 순간만큼은 현실의 고통도, 노예라는 현실도 모두 잊고 오로지 아름다움을 향한 윤승의 욕망이 손끝을 타고 비단 위를 넘실대고 있었다.

윤승이 그림 문자를 완성한 것은 그로부터 딱 열흘째 되는 날이었다.

서 사부는 윤승이 그림 문자를 수놓을 때 조언을 아끼지 않았지만, 수업에서 뒤처지는 것은 용납하지 않았다. 특히 새로운 기법을 배운 다음 날에는 반드시 시험을 보았다. 정해진 시간 안에 통과하지 못하면 나머지 공부를 해야 했다. 강도 높은 수업을 따라가려면 그림 문자는 아침 일찍, 혹은 밤늦게 틈틈이 진행하는 수밖에 없었다.

윤승은 날마다 눈을 뜨면 곧장 만수각으로 향했고 별을 보며 심양관으로 돌아왔다. 밤에는 등잔불을 켜서 다음 날 쓸 꼰사를 만들고, 수놓을 부분을 자투리 천에 미리 연습하기도 했다. 그러다 문득 이것이 서 사부가 말한 나를 위한 삶일까 하는 생각이 들었다. 새로운 것, 아름다운 것을 만들고 싶은 바람과 그것을 이루기 위해 노력하는 모든 과정이 즐거웠기 때문이다.

점심을 먹은 뒤 윤승은 방으로 돌아가 두 다리를 뻗고 누웠다. 처음 심양관에 왔을 때는 상상도 못 한 일이었다.

'누나만 찾을 수 있다면 얼마나 좋을까? 그러면 고향에 돌아가지 못해도 상관없는데.'

심양에서 지내는 날이 길어질수록 고향에 대한 그리움

은 무뎌졌다. 부모님이 세상을 떠났기 때문일 것이다. 하지만 누나는 달랐다. 눈앞에서 생이별한 누나는 좀처럼 떨칠 수 없는 존재였다.

누나도 심양까지 왔을까? 아니면 압록강을 건너지 않고 조선에 남았을까? 누나는 어딘가에서 고통스럽게 지내는데, 나만 편히 지내는 건 아닐까? 무작정 심양 거리를 돌아다니며 누나를 찾을 수도 없는 노릇이지만, 누나를 찾기 위해 별로 한 일이 없다는 생각에 죄책감이 밀려왔다.

'다음에 세자빈마마를 뵐 기회가 생기면 누나 이야기를 꺼내 볼까?'

묻지도 않은 이야기를 꺼냈다고 크게 꾸지람을 들을지도 모른다. 하지만 세자빈이라면 의주에서 청나라 병사들에게 끌려간 조선인 여자들의 행방을 찾을 수 있을지도 모른다. 누나가 어디에 있는지 알면, 누나도 심양관으로 데려와 세자빈마마를 위해 수를 놓으면 되지 않겠는가. 그러면 누나와 함께 만수각에서 자수 공부를 할 수도 있겠지. 윤승은 기분 좋은 상상을 하나둘 펼쳤다.

누나도 만수각 전시관을 보면 눈이 휘둥그레지겠지? 서 사부님이 보면 뭐라고 할까? 서 사부님 얼굴을 생각하자 뒤이어 양양의 얼굴이 떠올랐다. 윤승을 보며 생긋 웃던 그 동그란 얼굴이.

그때 나인이 와서 세자빈마마가 찾는다며 문을 두드렸다. 윤승은 괜히 멋쩍어 헛기침하면서 방문을 열고 나갔다.

나인을 따라 세자빈의 처소에 도착하니 진씨 부인이 와 있었다. 두 사람 사이에는 윤승이 만든 그림 문자가 놓여 있었다. 그걸 보자마자 심장이 쿵쿵 뛰기 시작했다.

"이리 가까이 와서 앉으라."

세자빈의 명에 윤승은 무릎으로 한 걸음 다가가 앉았다.

"재주가 있는 줄은 알았지만, 말만 듣고 내 생각을 이리 정확하게 표현하다니. 참으로 용하구나."

"그렇습니다, 마마. 고작 열흘 남짓한 시간 동안 이런 물건을 만들다니요."

세자빈과 진씨 부인은 서로 바라보며 웃음 지었다. 그동안 두 사람은 부쩍 사이가 가까워진 것 같았다. 진씨 부인이 윤승에게 물었다.

"인물을 이토록 생생하게 표현하다니, 무슨 기법을 썼느냐? 작은 얼굴에서 음영도 보이거니와 눈, 코, 입 표정도 살아 있구나."

"만수각에서 대국의 자수 여러 점을 보았사옵니다. 그들은 조선과 달리 푼사를 주로 사용합니다. 푼사는 결에 따라 광택이 일정하게 흐르고 가늘게 갈라 사용할 수 있어서 사람 얼굴, 옷 주름 음영 같은 것을 표현하기에 좋았습니다."

진씨 부인이 과연 그렇다는 듯 고개를 끄덕였다.

"마마, 조선에서는 꼰사로 한 문양에 한 가지 색을 주로 넣습니다. 그 때문에 생기는 단조로움을 피하려고 서로 다른 색실을 꼬아 깔깔사를 만들기도 하지요. 그런데 푼사로 바림 효과를 주니 이 또한 참 보기에 좋습니다."

"자네 말처럼 인물들이 보는 이의 눈을 단번에 사로잡네. 그래서 글자 획이 지나가는 자리에 수놓은 꽃이나 구름 문양은 그저 꾸밈으로만 보이는구나. 눈이 매서운 자가 아니면 글자가 숨겨진 줄은 모르고 그림을 수놓은 줄로만 알 것이야. 그게 아주 마음에 들어."

"그림의 내용 또한 그러하옵니다. 여기, 이 사람들은 압록강을 건너는 조선인을 표현한 것이 아닙니까? 강 건너편에는 마마께서 속환한, 농사짓는 사람들이 있고요. 이것으로 마마께서 온 힘을 다하여 조선의 세자빈으로서 도리를 다하고 있음을 나타내니, 이보다 충(忠)이라는 글자를 더 적

절하게 표현할 방법이 있을까 싶습니다."

"나도 그렇게 생각하네. 글도 배우지 못했다 들었는데 어찌 이리 생각이 깊단 말이냐."

윤승은 두 사람의 말을 가만히 들었다. 진씨 부인은 윤승이 수놓은 문양이나 기법을 칭찬하는데, 세자빈은 윤승이 글씨를 그림으로 얼마나 잘 바꾸었는지에 관심이 있어 보였다.

"세자 저하와 마마, 원손의 형상을 담아 그린 글자인 모(慕)도 그렇습니다. 서로 떨어져 있는 사람들을 보면 그 거리만큼 애틋함이 더해집니다. 또한 나비와 꽃문양으로 주위를 감싸 장수와 행복을 빌어 주니, 이 자체로 하나의 길상도 (동·식물 등을 통해 부귀나 행복을 기원하는 그림)라 하여도 손색이 없을 것입니다."

진씨 부인의 평에 세자빈이 흡족한 미소를 지었다.

"자수에 대한 자네 식견 또한 이 아이의 재주 못지않게 뛰어나구나. 먼 타지에서 자네들을 만난 것이 내게는 큰 위로이자 즐거움이네."

"황송하옵니다."

진씨 부인과 윤승이 함께 머리를 조아렸다.

"내 특별히 자네들에게 상을 주고 싶다. 귀한 음식이든, 청나라에서만 구할 수 있는 물건이든 원하는 것은 무엇이든 말해 보아라."

진씨 부인이 고개를 숙이고 대답했다.

"소인은 마마와 함께 이야기 나누는 것만으로도 분에 넘치는 영광을 누리고 있습니다. 저는 괘념치 마시고, 그동안 고생한 이 아이에게 큰 상을 내려 주심이 어떨까 합니다."

진씨 부인이 상을 마다하는 것을 보고 윤승은 잠시 고민했다. 윤승도 상을 바라고 수를 놓은 것은 아니다. 하지만 이런 기회가 또 언제 올지 알 수 없었다. 윤승은 뭐에 홀린 사람처럼 술술 말을 쏟아 냈다.

"마마, 의주에서 제 누나가 청나라 병사에게 끌려갔습니다. 누나 말고도 여럿이 끌려갔어요. 제가 막으려고 했지만 소용이 없었습니다. 누나를 찾고 싶습니다. 아니, 살아 있는지만이라도 알고 싶습니다."

진씨 부인이 윤승을 나무랐다.

"저, 저런. 그건 마마께서 어찌할 수 있는 일이 아니지 않느냐?"

세자빈이 진씨 부인을 말렸다.

"괜찮으니 그냥 두게. 눈앞에서 생이별한 누이가 얼마나 그리웠으면 이런 말을 하겠느냐. 나도 원손을 궁에 두고 왔으니 그 마음을 모르는 바가 아니다."

세자빈이 안타까운 표정으로 물었다.

"의주에서 청나라 병사들에게 끌려갔다고?"

"예, 압록강을 앞에 두고 있었습니다. 끌려간 누나도 심양까지 왔는지는 알 길이 없습니다."

세자빈이 깊은 한숨을 내쉬었다.

"여태껏 조선 여인만 따로 끌려왔다는 이야기는 들은 적이 없다. 어쩌면…… 네 누나는 조선 땅에서 강을 건너지 않았을지도 모르겠구나. 의주 부윤에게 기별을 넣을 테니 조금 기다려 보거라."

윤승은 그 말에 감격하여 몸을 납작 엎드린 채 오래도록 고개를 들지 못했다.

발각된 밀서

"수업 끝나지 않았어? 혼자서 뭐 해?"

윤승이 혼자 남아 수를 놓고 있을 때 양양이 수방으로 들어와 물었다.

"사형들은 바쁘다면서 수업 끝나자마자 나갔어. 나는 뭘 좀 만드느라……."

"뭘 만들어? 어, 이거 매화잖아? 예쁘다."

양양은 손가락으로 윤승이 수놓은 매화를 부드럽게 어루만졌다. 양양이 손을 움직일 때면 분홍빛 소매가 흔들리면서 달콤한 매화향이 훅 풍기는 기분이 들었다. 한동안 매화 자수를 만지작거리넌 양양이 고개를 들고 물었다.

"지금 나랑 어디 좀 가면 안 돼?"

"어디를?"

윤승은 여전히 손에 바늘을 쥔 채였다.

"가 보면 알아. 오늘 아니면 안 되거든."

윤승은 머뭇거렸다. 자수 때문은 아니었다. 양양과 둘이서 어디를 간다고 생각하니 긴장되어 몸이 굳는 듯했다. 그러나 초조하게 윤승의 답을 기다리는 양양을 보자 차마 거절할 수가 없었다. 윤승은 자리에서 일어나 짐을 정리했다.

만수각을 나서 양양과 나란히 걸었다. 여느 때와 달리 유난히 길에 사람이 많았다. 게다가 목적지가 같은지 모두 같은 방향으로 걸어가고 있었다.

"오늘따라 사람이 엄청 많네. 우리 지금 어디 가는 거야?"

양양이 윤승을 슬쩍 보더니 짧게 대답했다.

"남강."

"거기엔 왜?"

"너, 오늘 무슨 날인지 몰라?"

오늘이 무슨 날이지? 가만히 생각하던 윤승의 옆에서 양양이 소리쳤다.

"바보! 칠석이잖아!"

그래서 길에 사람이 많았구나. 고향에서도 칠석이면 마을 사람들이 함께 농악을 울리며 한바탕 놀곤 했다. 심양은 큰 도시라 그런지 사람들이 모이는 규모가 사뭇 달랐다.

"조선에도 칠석이 있어?"

"응, 그런데 내가 살던 마을에서는 마을 사람들이 모여서 밀전병이나 복숭아 화채를 만들어 먹고 씨름 대회를 여는 게 다였어. 우리 누나는 칠석이 되면 정화수를 떠 놓고 수놓는 솜씨가 좋아지게 해 달라고 직녀성을 보면서 빌곤 했지."

"정말? 조선에도 걸교(칠월 칠석날 저녁에 여자들이 바느질과 길쌈을 잘하게 해 달라고 비는 일)가 있어? 나도 매년 비는데 좀처럼 자수가 늘지를 않아. 견우와 직녀 이야기는 다 거짓말이야."

양양이 입술을 샐쭉 내밀고 투덜거렸다.

두 사람이 이야기하며 걷는 사이 대남문이 점점 가까워졌다. 대남문은 활짝 열려 있었다. 성곽 근처 나무와 나무를 연결한 줄 위에 달린 유등이 하나둘 불을 밝혔다. 크고 작은 붉은 등은 강변까지 죽 이어졌고 거리를 화려하게 수놓았다. 양양이 발뒤꿈치를 바짝 들고 등 하나를 손가락으로 가리켰다.

"이것 봐. 하늘이 조금 더 어두워지면 정말 예쁘겠지?"

붉은 등 때문이었을까? 양양의 얼굴이 발그레 물들었다. 그 모습이 귀여워서 윤승도 덩달아 씩 웃었다.

"걸교 과자(칠석 때 먹는 중국 전통 과자) 먹으러 가자."

윤승은 얼결에 양양에게 손을 붙들린 채 뛰듯이 걸었다. 강변 곳곳에 상인들이 자리를 잡고 다양한 모양의 과자를 팔고 있었다. 양양은 그중 한 상인에게 걸교 과자 한 봉지를 샀다. 윤승은 과자를 하나 받아 입에 넣었다. 입안 구석구석 달콤함이 퍼졌다.

"와, 이거 맛있다."

윤승은 저도 모르게 큰 소리로 외쳤다. 양양이 킥킥거렸다.

"만날 만수각이랑 심양관만 오가니까 맛있는 거 사 먹을 새도 없지."

"사 먹을 돈도 없는 걸, 뭐."

"아버지가 그러셨는데, 새로운 걸 자주 봐야 좋은 그림을 그릴 수 있대. 좋은 그림이 있어야 좋은 수도 놓을 수 있잖아. 안 그래?"

윤승은 동의한다는 뜻으로 살짝 웃어 보였다.

"나만 믿고 따라와. 내가 심양 구경 시켜 줄게."

심양 구경이라니. 내가 그런 여유를 부려도 될까? 윤승은 쭈뼛거리며 입을 열었다.

"나는…… 지금 그럴 처지가 못 돼."

"왜? 내 말이 못 미더워?"

"그런 게 아니라, 나는 심양관에서 마음대로 밖에 나올 수가 없거든."

"어째서? 넌 이미 속환됐잖아. 노예도 아닌데 왜 심양관에서 못 나와?"

말문이 턱 막혔다. 지금까지 감히 심양관 밖을 나간다는 생각을 해 본 적도 없었다.

"아버지는 늘 우리가 본 세상이 전부가 아니라고 하셨어. 저 너머에 더 큰 세상이 있다고. 언젠간 그 세상을 자수로 담아낼 거래. 나도 그런 그림을 그리고 싶어. 그곳에…… 너도 꼭 같이 갔으면 좋겠어."

"나도?"

"응, 네 실력은 아버지도 인정하셨잖아."

"서 사부님이?"

"몰랐어? 넌 만수각에 온 지 얼마 되지도 않았는데, 일 년 넘게 배운 사형들이랑 같이 수를 배우잖아."

윤승은 내색하지 않았지만 이보다 더 기분 좋은 말이 있을까 싶었다.

"아버지는 열다섯 살에 혼자 북경으로 가서 황실을 위해 수를 놓기 시작했어. 집이 너무 가난해서 가족을 먹여 살리려면 그 방법뿐이었대."

"열다섯 살 때 혼자?"

"응, 조선에서 온 너랑 비슷한 처지였지. 묘족이란 소수 민족 출신이거든. 아버지는 뛰어난 재주로 결국 대명 황실의 자수장이 되셨어. 그런데 황궁은 아버지가 기대했던 것과 너무나 달랐대. 지금 황제는 백성은 나 몰라라 하고 사치스런 생활에 빠져 있어."

황실 자수장 자리를 스스로 버렸다고? 윤승은 적잖이 놀랐지만 서 사부라면 그런 선택을 할 수 있는 사람이란 생각이 들었다. 게다가 서 사부와 자기가 공통점이 꽤 많다는 것이 어쩐지 위로가 되었다.

"아버지는 종종 내가 그린 그림으로 자수 작품을 만드셔. 언젠간 내가 그린 그림을 네가 수놓은 걸 보고 싶어."

윤승은 자기도 그렇다고 말하고 싶었다. 어디든 함께 가서 너는 그림을 그리고, 나는 그 그림을 수놓고 싶다고. 그런데 차마 말이 입 밖으로 나오지 않았다.

무심코 품 안에 찔러 넣은 손에 주머니가 만져졌다. 어쩌면 누나 소식을 들을 수 있을지 모른다는 실낱같은 희망을 품고 시간이 날 때마다 틈틈이 만든 두루주머니였다. 윤승은 노란 나비를 수놓은 두루주머니를 손에 꼭 쥔 채 대답했다.

"그렇게 말해 줘서 고마워. 하지만 세자빈마마께서 누나를 찾을 수 있게 도와준다고 하셨거든. 그때까진…… 심양관을 떠날 수 없어."

막상 말하고 나자 마음 한구석이 찝찝했다.

'나는 왜 늘 다른 사람이 시키는 일만 하는 걸까? 언제까지 이렇게 살아야 할까?'

그 생각의 끝에 양양이 자기 말에 서운해하면 어쩌나 하는 걱정이 딸려 왔다. 양양은 티 하나 없이 말간 얼굴로 웃고 있었다. 덕분에 스멀스멀 피어오르던 근심이 삽시간에 사그라들었다.

"강 위에는 유등을 띄운 배도 있을 거야. 내려가서 같이 보자."

뭐라 대꾸할 새도 없이 양양이 윤승의 손을 잡았다. 윤승은 못 이기는 척 양양의 손을 꼭 잡고 강둑 아래로 내려갔다.

강변에는 버드나무가 줄지어 심겨 있었다. 한동안 조용히 걷기만 하던 양양이 돌연 걸음을 멈췄다. 윤승이 영문 모르는 얼굴로 양양을 보았다. 양양은 품에서 곱게 접은 종이를 하나 꺼내 윤승에게 건넸다. 매화 그림이었다.

"너 주려고 그렸어. 수를 놓아서 주고 싶었는데, 또 망쳤지 뭐야."

양양은 쑥스러운 듯이 고개를 돌리고 길게 늘어진 버드나무 가지를 쓸어내렸다. 매화 꽃잎처럼 오종종한 눈 코 입이 예뻤다. 윤승은 넋을 잃고 한참 양양을 바라보았다.

"예쁘다. 고마워."

매화 그림보다 네가 더 예쁘다는 말은 부끄러워서 차마 하지 못했다. 자신이 수놓던 매화는 양양에게 주려던 것이라는 말도.

"이제 돌아가야겠다. 너무 늦으면 아버지한테 혼날 거야."

양양이 방긋 웃으며 말했다. 어느덧 어둑해진 하늘을 보며 윤승도 고개를 끄덕였다. 윤승은 양양을 만수각 앞까지 데려다주고 심양관으로 향했다. 가는 내내 양양의 모습이 머릿속에서 사라지지 않았다. 매화 그림을 주며 웃던 얼굴, 걸교 과자를 내밀던 손, 찰랑대던 머리카락까지. 내일도,

모레도 다시 오늘이 반복되었으면, 자꾸만 그런 생각이 들었다.

　심양관에 도착한 윤승은 곧바로 분위기가 이상한 것을 눈치챘다. 어찌 된 일인지 심양관 마당에 청나라 병사들이 늘어서 있고 한쪽에는 나인과 일꾼들이 무릎을 꿇고 앉아 있었다.

　"넌 뭔데 여길 함부로 들어와?"

　무리 중 끄트머리에 서 있던 병사가 윤승을 째려보며 소리쳤다. 무릎 꿇고 앉아 있던 일꾼 한 사람이 윤승의 옷깃을 세게 잡아당겼다. 윤승은 얼결에 뒷걸음질해 남자 옆에 꿇어앉았다. 며칠 전 윤승에게 참외를 준 아저씨였다. 병사의 눈치를 보며 아저씨가 속삭였다.

　"청나라 병사들이 살기등등한 게 보통 일은 아닌 것 같다. 그러니까 너도 고개 푹 숙이고 여기 가만히 앉아 있어. 알았지?"

　윤승은 겁을 먹고 고개를 끄덕였다. 청나라 병사 무리가 있는 곳에서 쩌렁쩌렁한 남자 목소리가 들려왔다.

　"세자는 당장 나와서 황제의 명을 받들라."

그 소리에 윤승을 의심스럽게 노려보던 병사가 얼른 반대쪽으로 몸을 돌렸다. 얼마 지나지 않아 여러 사람이 자박대는 소리가 나더니 세자와 세자빈의 모습이 보였다.

"무슨 일이기에 느닷없이 나타나서 이리 소란을 일으키는가?"

남자는 곧장 말대답했다.

"황제께서는 세자빈에게 명을 내린 것이 아니오."

윤승은 남자의 무례한 태도에 놀라 고개를 슬쩍 들고 남자를 흘끔 보았다. 다른 병사들처럼 변발을 한 남자는 청나라 관리들이 입는 비단옷 복장에 관모를 쓰고 있었다.

'조선말을 하는 걸 보면 역관인가?'

세자가 한 걸음 앞으로 나오더니 남자에게 물었다. 표정은 읽을 수 없었지만 억양은 아주 단호했다.

"황제께서 무어라 명을 내리셨는가?"

"세자는 곧장 황궁으로 들라 하셨소."

"이 늦은 시간에 말인가?"

"그렇소. 지체 말고 지금 당장 출발하시오."

남자가 만주어로 병사들에게 명령을 내렸다.

"심양관을 샅샅이 뒤져 숨어 있는 나인들을 발견하면 모조리 끌고 와라. 또 수상한 물건, 특히 자수로 만든 것은 남김없이 가져와!"

병사들이 "예!" 하고 심양관 안쪽으로 달려갔다.

윤승은 헙 하고 숨을 들이마셨다. 심양관에서 수를 놓는 사람이라면 자기를 말하는 것이다. 남자는 수놓은 사람이 당연히 수방나인이라고 생각하는 듯했다.

윤승이 고개를 돌려 세자빈을 슬쩍 보았다. 무슨 일인지 좀 알려 달라는 눈으로. 너는 괜찮을 거라고 세자빈이 한마디만 해 주길 바랐다. 아니, 청나라 병사들 때문에 말을 걸 수 없다면 따뜻한 눈빛이라도 보내 주었으면 했다.

세자빈은 윤승이 있는 쪽으로 눈길조차 주지 않았다. 속을 알 수 없는 세자빈의 표정을 보자 알 수 없는 두려움이 밀려들었고 밤공기도 더 서늘하게 느껴졌다.

"지금 병사들에게 무어라 명령한 것인가?"

세자빈이 남자에게 물었다.

"세자빈은 그게 왜 궁금하시오? 황제 몰래 꾸민 일이라도 있소?"

"네 이놈! 세자빈에게 그게 무슨 막말인가?"

세자가 호통을 치자 남자가 기분 나쁘다는 표정으로 곧

바로 세자의 말을 되받았다.

"세자는 바로 황궁으로 들라 하셨다는 말 못 들었소? 당장 따라 나오시오."

이번에는 세자빈의 노기 어린 목소리가 심양관 마당에 울려 퍼졌다.

"세자 저하 앞에서 이리 무엄하게 굴다니! 정명수, 네놈이 예친왕(도르곤, 청 태조 누르하치의 열네 번째 아들)을 등에 업고 눈에 뵈는 게 없구나!"

정명수란 남자는 세자빈의 말을 무시하고 아예 대꾸도 하지 않았다. 세자는 걱정하지 말라는 듯 세자빈의 어깨에 손을 잠시 올렸다가 밖으로 나갔다. 곧바로 정명수와 청나라 병사들이 세자의 뒤를 쫓았다. 세자빈이 나인들과 함께 심양관을 나섰을 땐 이미 촤아 하는 기합 소리에 이어 말발굽 소리가 점점 멀어지고 있었다.

윤승은 정명수가 병사들에게 내린 명령이 마음에 걸렸다. 방 안에는 그동안 모아 놓은 비단 조각과 색실, 공부할 때 썼던 수본이 잔뜩 있었기 때문이다. 자기가 수놓은 자라는 것을 들킬까 걱정되기보다는 자기 보물을 빼앗기고 싶지 않은 마음이 더 컸다. 발각되면 목숨이 위험한 줄 알면서도 윤승은 자기 방으로 조심스레 걸음을 옮겼다.

용케 병사들의 눈을 피해 숙소 앞에 다다랐을 때 누군가 윤승의 뒷덜미를 붙잡았다.

"웬 놈이냐? 여기서 뭐 해?"

청나라 병사였다. 순간 머릿속이 텅 빈 것처럼 아무 말도 떠오르지 않았다. 그런 윤승이 수상했는지 청나라 병사는 큰 소리로 다른 병사를 불렀다. 큰일 났다는 생각에 윤승은 정신을 바짝 차렸다.

'도망칠까? 아니야. 입구에 병사들이 저렇게 많은데 금세 잡힐 거야. 뭐라고 둘러대야 보내 줄까?'

윤승이 주위를 살피며 머리를 굴릴 때 나인 한 사람과 눈이 마주쳤다. 종종 윤승에게 세자빈의 말을 전하러 오던 나인이었다. 나인은 급히 윤승이 있는 쪽으로 달려왔다.

"넌 왕부촌으로 돌아가지 않고 왜 여기 이러고 있어?"

나인은 앙칼진 목소리로 다짜고짜 윤승을 꾸짖었다. 그러고는 돌연 표정을 바꾸고 병사에게 정중하게 부탁했다.

"이 아이는 일꾼들을 따라왔다가 잠시 길을 잃은 것 같습니다. 제가 데리고 나갈 테니 염려 마시고 돌아가시지요."

병사는 여전히 미심쩍은 눈초리였지만 더는 토 달지 않

았다. 병사가 떠나자 나인은 안도의 숨을 내쉬고 윤승을 급히 심양관 북쪽으로 끌고 갔다. 담장 아래 심은 석류나무 뒤로 나인들이 이용하는 작은 쪽문이 있었다.

"안 그래도 너를 찾고 있었어. 여기서라도 만나 다행이다. 내 말 잘 들어. 이 문으로 나가서 길을 따라 조금만 내려가면 커다란 나무가 보일 거야. 그 나뭇가지에 흰 천을 묶어 놓았어. 천에는 간단한 지도와 표식이 그려져 있어. 거기 표시된 건물을 찾아서 하룻밤만 숨어 있어."

"제가 왜요? 병사들은 세자 저하를 찾으러 온 거 아니에요?"

"자세한 사정은 나도 잘 몰라. 세자빈마마께서 너한텐 심양관보다 그곳이 훨씬 안전할 거라고 하셨어. 그 건물을 아는 사람은 거의 없으니까. 내 말 알아들었지?"

"마마께서요? 왜 그러는지는 알려 줘야 할 거 아니에요?"

윤승은 답답한 마음에 나인을 붙잡았다. 나인은 자신이 들고 있던 조족등(예전에 밤거리를 다닐 때 들고 다니던 등)을 윤승의 손에 쥐여 주고는 뒤도 돌아보지 않고 자리를 떴다.

이제 다른 방도가 없었다. 윤승은 나인이 알려 준 대로 빠르게 걸어가 나뭇가지에 매달린 천을 찾았다. 천을 펼치자 흐릿하게 그려진 지도가 보였다. 심양관 정문에서 남동쪽으로 걸어가서 커다란 느릅나무가 나오면, 반대편에 난 골목길로 들어가라는 표시의 화살표가 순서대로 나와 있고, 골목길 안 동그라미 표시 아래 집과 대나무 그림이 있었다. 느릅나무까지는 윤승도 종종 다녀 본 길이었다.

'일단 가자.'

윤승은 쉬지 않고 느릅나무까지 내달렸다. 나무를 등지고 골목길로 들어선 후 오른쪽으로 틀었다. 사방이 어두워 등을 비추어도 앞이 잘 보이지 않았다. 조심스럽게 한 걸음씩 내딛고 있을 때 바람이 불면서 솨 하고 댓잎이 부딪히는 소리가 들렸다. 멀지 않은 곳이었다. 윤승은 벽돌담을 손으로 더듬어 그 안쪽에 등을 비췄다. 건물 뒤편에 대나무가 심겨 있는 것으로 보아 이 집이 맞다는 생각이 들었다.

윤승은 대문을 슬쩍 밀었다. 끼익 소리를 내며 문이 열렸다. 꼭 누군가 엿보는 기분이 들었지만 사방이 컴컴한 어둠이었다. 윤승은 얼른 안으로 들어가 문을 닫았다.

나인의 말처럼 집 안은 텅 비어 있었다. 윤승은 건물 안쪽 빈방에 들어갔다가 곧바로 다시 나왔다. 혹시라도 바닥에 누웠다가 잠이라도 들면 그런 낭패가 없을 테니까. 윤승은 창고인지 마구간인지 모를 허름한 목조 건물 안으로 들어가 짚 더미에 등을 기대고 앉았다.

'도대체 무슨 일이지? 자수로 만든 물건은 왜 찾는 걸까? 내가 또 뭘 잘못했나?'

자신은 세자빈마마의 명으로 그림 문자를 만든 것 말고는 한 일이 없다. 그림 문자에 뭔가 문제가 있었을까? 하지만 이번엔 금사를 쓰지도 않았고 심지어 세자빈마마께 칭찬까지 받지 않았던가?

느닷없이 사람 목소리가 들려왔다. 윤승은 자리에서 벌떡 일어났다. 곧이어 여럿이 쿵쾅거리는 발소리가 가까워졌다. 잠시 후, 요란한 소리를 내며 대문이 열렸고 누군가 소리쳤다.

"굴마훈(정명수의 만주식 이름) 님께서 이 집은 심양관 소유 은신처라고 하셨다. 이곳에 사람이나 물건을 숨겨 놓았을지 모르니 모든 방을 샅샅이 뒤져라!"

"예!"

윤승은 나무 문틈 사이로 바깥을 엿보았다. 횃불을 든 청나라 병사들이 부산스럽게 안쪽으로 뛰어가고 있었다.

'큰일이다! 이제 어떡하지?'

다행히 창고는 대문에서 멀지 않았지만 겁이 나서 선뜻 문을 열 용기가 나지 않았다.

'차라리 전부 돌아갈 때까지 숨어서 기다릴까?'

운이 좋으면 이런 창고까지는 뒤지지 않을지도 모른다. 그런 생각을 하고 있을 때 병사 하나가 대장에게 말하는 소리가 문 너머로 새어 들어왔다.

"방에는 아무것도 없습니다. 남은 건 이 창고뿐입니다."

"당장 찾아봐!"

윤승은 놀라서 얼른 짚 더미 사이에 몸을 쑤셔 넣었다. 아까 도망갈 걸, 후회되었지만 이미 때는 늦었다. 쉬익, 병사 하나가 기다란 창으로 짚 더미를 푹 찌르는 소리가 났다. 저 창에 찔리기라도 하면 그대로 저승길이다.

'이대로 가만히 있다 죽을 수는 없어.'

윤승은 두 손 가득 지푸라기를 쥐고 벌떡 일어나서 병사의 얼굴을 향해 냅다 뿌리고 가슴팍을 확 밀쳤다.

"아악!"

갑작스런 공격을 받은 병사가 바닥에 나동그라졌고, 윤승은 쏜살같이 대문 밖으로 뛰어나갔다.

"저, 저놈 잡아라!"

윤승을 발견한 병사들이 소리치며 윤승의 뒤를 쫓았다. 윤승은 숨을 헐떡이며 도망쳤다. 그나마 병사들이 말을 타고 오지 않아 다행이었다. 칠석이라 그런지 성문도 아직 열려 있었다. 윤승은 죽을힘을 다해 강변으로 뛰었다. 그러면서 아직 강변에 칠석을 즐기는 사람들이 많이 남아 있기를 바랐다. 거기 말고는 도무지 숨을 곳이 생각나지 않았다.

　시간이 늦어서였는지 강변에는 장사를 마무리하는 상인 몇몇을 제외하면 사람이 별로 없었다. 윤승은 미끄러지듯 강둑 아래로 몸을 던졌다. 유등을 띄워 놓았던 부표 몇 개가 강 위에 여전히 떠 있었다. 윤승은 그대로 강 속으로 몸을 숨겼다.

　강둑 위에서 병사들이 뭐라고 외치는 소리가 들렸지만 알아들을 수 없었다. 윤승은 팔다리를 휘적거리며 부표가 있는 곳까지 헤엄쳤다. 두 손으로 부표 끄트머리를 잡은 채코 윗부분만 물 위로 내밀었다. 마구 날뛰던 심장 박동이 서서히 가라앉았다. 하지만 얼마 지나지 않아 온몸이 마구 떨리기 시작했고 이가 딱딱 부딪혔다.

　'조금만 더, 조금만 더 참으면 돼.'

　윤승은 이를 악물고 버텼다. 병사들이 다 돌아가고 사방이 잠잠해질 때까지. 그러고도 한참을 더 기다렸다. 마침내 윤승이 부표에 의지해 조심스럽게 육지에 올라왔을 땐, 손가락 끝이 마비된 것처럼 굳어 펴지지 않았다. 윤승은 비탈진 강둑을 네발짐승처럼 기어서 올라갔다. 온몸이 흙투성이였지만 그걸 신경 쓸 겨를도 없었다.

뜻대로 움직이지 않는 두 발을 질질 끌며 윤승은 앞으로 나갔다. 병사들이 다시 자기를 쫓아올 것 같은 기분에 뒤도 한 번 돌아보지 않았다. 그렇게 한동안 걷다 보니 몸이 조금씩 감각을 되찾았다.

그때부터는 윤승의 걸음도 빨라졌다. 정신없이 달렸다. 입안이 타들어 가는 것처럼 바짝 마르고 심장이 밖으로 튀어나올 것처럼 쿵쾅거렸다. 더는 달릴 수 없는 지경에 이르러서야 윤승은 털썩 주저앉았고 곧 바닥에 드러누웠다. 바닥의 차가운 기운이 고스란히 등을 타고 올라왔다. 어둠을 응시하며 숨을 몰아쉬는데 만수각 현판이 희미하게 눈에 들어왔다.

윤승은 벌떡 몸을 일으켰다. 사방을 두리번거리며 만수각 문 앞으로 걸어갔다. 그러나 윤승은 만수각 문을 두드리려던 손을 슬며시 내리고 말았다.

'병사들이 나를 왜 쫓는지도 모르면서 만수각에 나를 숨겨 달라고 해도 될까?'

그래서는 안 될 것 같았다. 자기 때문에 양양과 서 사부가 위험에 빠질지도 모른다는 생각이 들자 더더욱 자신이 없어졌다.

'갈 곳이 아무 데도 없구나.'

갑자기 눈물이 흘렀다. 윤승은 얼른 손등으로 눈물을 닦아 내고 몸을 돌렸다. 어느 때보다 누나가 더 보고 싶었다.

그 순간 덜컹 소리와 함께 만수각 문이 열렸다. 서 사부와 양양이 문 앞에 서 있었다. 어딘가를 가려는 차림새였다.

"어? 네가 이 시간에 여긴 어쩐 일이야? 꼴은 또 왜 이래? 무슨 일 있었어?"

양양은 윤승을 보고 놀라서 질문을 마구 쏟아 냈다. 대답하려고 입을 벌리자 애써 참았던 울음이 터지려고 했다. 윤승은 일그러지는 입술을 꽉 깨물었다. 가만히 보고 있던 서 사부가 다가오더니 윤승의 어깨를 두드렸다. 윤승은 서 사부를 따라 만수각 안으로 들어갔다.

드러난 진실

서 사부가 윤승을 데리고 간 곳은 뜻밖에도 별채에 있는
개인 작업실이었다. 서 사부의 작업실은 늘 잠겨 있었다.
윤승은 물론 제자 중 누구도 들어가지 못한 곳이라 윤승은
선뜻 들어가지 못하고 문 앞에서 망설였다.

"들어오지 않고 뭐 하느냐?"

서 사부는 윤승이 안으로 들어오자 곧장 방문을 닫았다.

"일단 옷부터 갈아입어라. 아무리 한여름이지만 그렇게
젖은 채로 있으면 풍한(감기)이 든다."

윤승이 서 사부가 준 옷을 받아서 갈아입고 나왔을 즈음
양양이 차를 가지고 들어왔다. 뜨거운 매화차를 한 모금 마

시자 온몸에 따뜻한 기운이 돌았다. 이제 살았다는 기분이 들어서였을까. 그제야 서 사부의 작업실이 눈에 들어왔다. 접시 물감이 가지런히 놓인 책상 옆, 비단이 팽팽하게 메인 자수대가 보였다. 절반쯤 완성된 자수는 윤승도 잘 아는 그림이 수놓여 있었다. 어미 닭과 병아리.

서 사부의 자수는 윤승이 수놓았던 것과 비교도 할 수 없을 만큼 아름다웠다. 이토록 평범한 소재를 어쩌면 이렇게 비범하게 표현할 수 있을까? 윤승은 감탄하여 저도 모르게 고개를 돌렸고 서 사부와 눈이 마주쳤다.

윤승은 심양관에서 벌어진 일을 담담하게 이야기했다. 나인이 알려 준 빈집에 숨어 있을 때 청나라 병사들이 나타났고, 그들을 피해 도망치다 강에 뛰어들었다는 것까지.

차분히 이야기를 듣던 양양은 점점 눈이 커다래졌고 잔뜩 성난 얼굴로 방안을 서성거렸다. 윤승이 이야기를 끝마칠 즈음 서 사부는 근심 가득한 얼굴이 되었다.

"황제께서 이 밤중에 세자를 불러들였다면 보통 일은 아닌 듯싶다. 너는 뭔가 짐작 가는 게 없느냐? 세자빈이 괜히 너를 숨기려 하진 않았을 텐데."

윤승은 곧바로 고개를 저었다. 아무리 곱씹어 보아도 의심스러운 일은 없었다. 심양관에 온 뒤로는 이래도 되나 싶을 정도로 평화로운 날들만 이어졌으니까.

별안간 서 사부가 탁자를 탕, 치고 자리에서 일어났다.

"네가 만든 그림 문자 말이다. 그게 혹시 조선에 보내려던 밀서였다면……."

윤승이 눈을 크게 떴다.

"밀서라뇨? 제가 만든 그림 문자는 서 사부님도 보셨잖습니까."

"완성한 것은 내가 못 보지 않았느냐? 혹여 그림 문자가 마지막에 달라지지는 않았느냐?"

마지막에 달라진 것? 그런 게 있을……. 아! 그림 문자가 거의 완성되었을 때 나인이 찾아와 갑작스럽게 부탁한 것이 퍼뜩 떠올랐다. 종이를 내밀며 거기에 그려진 것과 같은 꽃을 자수에 넣어 달라고 했다.

윤승이 인제 와서 꽃을 또 집어넣으면 전체 구도가 흐트러지고 그림 문자를 망치게 된다고 말해도 나인은 막무가내였다. 세자빈마마의 명이니 무조건 해야 한다고 우겼다. 그 바람에 윤승은 이미 수놓은 꽃 몇 송이를 뜯어내고, 종이에 그려진 분홍색 꽃을 새로 수놓아야 했다.

'평범했던 안부 편지가 그깟 꽃 몇 송이 때문에 밀서가 된다고?'

윤승은 말이 안 된다고 생각하면서도 조심스레 이야기를 꺼냈다.

"그림 문자를 완성하기 직전에 새로 수놓은 꽃이 있습니다."

"꽃이라고? 네가 아는 꽃이었느냐?"

"처음 보는 꽃이었어요. 메꽃과 닮았는데, 꽃받침으로 연결되는 대롱 부분은 흰색이고 꽃잎은 분홍색이었습니다."

"또 다른 특징은 없었느냐?"

"꽃잎이 다섯 개로 갈라진 것이 메꽃과는 달랐고, 꽃잎 끝이 뾰족한 게 조금 특이했습니다."

"끝이 뾰족했다고 했느냐?"

서 사부가 자리에서 벌떡 일어났다. 책상 앞으로 가서 붓을 들고 무언가를 급히 그리더니 그 종이를 윤승의 얼굴 앞에 내밀었다.

"네가 수놓은 꽃이 맞느냐?"

바로 그 꽃이었다. 윤승이 고개를 끄덕이자 서 사부가 한숨을 내쉬었다.

"네가 수놓은 그림 문자는 평범한 편지가 아니다. 남령초(담배) 꽃을 수놓으라고 한 것만 보아도 알 수 있어."

서 사부가 혀를 쯧, 차더니 다시 말을 이었다.

"왕실의 일에 너무 깊이 개입하지 마라. 저들은 언제나 우리 같은 사람을 이용만 할 뿐이야. 자칫 네 목숨까지 위험해질 수 있다."

윤승은 저도 모르게 주먹을 불끈 쥐었다. 청나라 병사에게 쫓길 때 윤승도 이러다 죽는 게 아닐까 싶을 만큼 겁이 나고 무서웠다. 하지만 세자빈마마는 자신은 물론 수많은 조선 백성을 지옥 같은 노예 시장에서 손수 꺼내 준 사람이었다. 게다가 누나를 찾아보겠다고 자신에게 약속까지 하지 않았던가?

'어쩌면 세자 저하가 황궁에 불려 간 것은 청나라 황제의 오해 때문인지도 몰라.'

윤승은 서 사부에게 따지듯 대꾸했다.

"남령초가 뭔진 몰라도 세자빈마마는 그런 분이 아닙니다."

서 사부의 짙은 눈썹이 꿈틀거렸다.

"네가 세자빈마마의 의중을 어찌 다 아느냐?"

서 사부는 못마땅한 표정으로 말을 이었다.

"남령초를 피우면 긴장이 풀리고 추위도 막아 준다고 하더구나. 그래서 병사들에게 인기가 많지. 문제는 청나라 병사들이 남령초를 구하려고 무기까지 내다 판다는 소문이 있어. 만약 심양관에서 조선을 통해 남령초를 가져와 청나라에 팔려고 했다면, 청 황실에서 가만히 있지 않을 거다.”

“병사들이 무기를 내다 팔아요?”

양양이 놀라서 물었다.

“청나라는 머지않아 중원(중국 중심부)을 차지하려 들 거야. 청나라는 자신들이 대국을 칠 때 뒤에서 조선이 대국을 도울까 봐 두려워하고 있어. 그러니 조선이 남령초를 팔아 막대한 은자를 취하도록 내버려 둘 리가 없지. 이런 일이라면 청 황제가 세자를 끌고 가고도 남을 만하지 않느냐?”

윤승은 애꿎은 아랫입술만 잘근잘근 씹었다. 정말 목숨이 위험해질지 모르는 그런 일을 세자빈이 자기에게 시켰을까? 그래서 아까 심양관에서 눈길 한번 안 줬던 것일까?

윤승은 서 사부의 말을 쉽게 믿을 수가 없었다. 아니, 믿고 싶지 않았다. 그러면 지금까지 자기가 한 일은 모두 허사가 되고 누나도 찾을 수 없게 되니까.

그때 서 사부가 전혀 생각지도 못한 질문을 던졌다.

“네가 처음 만수각에 온 날, 내가 한 질문을 기억하느냐?”

"예?"

"내가 너에게 했던 질문 말이다."

그제야 윤승은 서 사부가 한 말의 뜻을 알아차렸다.

"무엇을 위해 수를 놓느냐고 물으셨습니다."

"이제 답을 찾았느냐? 너는 무엇을 위해 수를 놓느냐?"

여전히 답을 찾지 못한 질문이었다. 하지만 왜 지금 그것을 묻는단 말인가? 안 그래도 모든 일이 혼란스럽기만 한 이런 상황에.

"심양에서 다시 바늘을 잡았을 때, 살기 위해 수를 놓았습니다. 더는 채찍에 맞지 않고 살 수 있을 것 같았으니까요. 진씨 부인은 조선인이니 어쩌면 저를 도와줄지 모른다고 생각했습니다. 그러다 억울하게 누명을 썼고, 결국 강 대인의 집에서 쫓겨났습니다."

서 사부는 윤승의 말을 가만히 듣고 있었다.

"그러다 노예 시장에서 세자빈마마를 만났습니다. 세자빈께서는 저를 직접 속환해 주셨어요. 제가 가진 재주가 뛰어나다고 하셨습니다. 누나 소식을 알아봐 준다고도 하셨습니다. 그런 세자빈마마를 위해 수놓는 것이 당연하다고 여겼습니다. 그러나 지금은……."

"지금은?"

"저도 모르겠습니다. 하라는 대로 수를 놓았을 뿐인데, 왜 또 이런 일이 벌어졌는지 도무지……."

거기까지 말하고 윤승이 잠시 말을 멈추었다. 누군가 만수각 문을 쿵쿵 두드렸기 때문이다. 세 사람은 누가 먼저랄 것도 없이 문 쪽으로 고개를 돌렸다.

'설마 청나라 병사들이 벌써 내가 있는 곳을 찾아낸 걸까?'

불안함에 다리가 후들거렸다. 양양이 벌떡 일어났다.

"제가 나가 볼게요."

양양은 밖으로 나간 지 얼마 되지도 않아 금세 되돌아왔다.

"진씨 부인이 보낸 심부름꾼인데 아버지한테 직접 말해야 한대요."

"진씨 부인?"

서 사부가 말을 멈추고 윤승을 쳐다보았다.

"제가 만수각에 온 첫날, 서신을 써 준 분이 진씨 부인……."

서 사부는 윤승의 말이 채 끝나기도 전에 문을 벌컥 열고 밖으로 나갔다. 잠시 후, 서 사부의 호통치는 소리가 별채까지 들려왔다.

"지금 윤승이가 어디 있는 줄은 알고 숨겨 달라는 것이냐? 직접 와서 대체 무슨 일인지 설명하기 전엔 어떤 말도 들어줄 생각이 없다고 그리 전하거라!"

곧이어 쿵쾅거리는 발소리가 점점 커지더니 서 사부가 돌아왔다. 서 사부는 방으로 들어온 뒤에도 분을 삭이지 못했다. 거칠게 의자를 빼내 앉고서 빽 소리를 질렀다.

"윤승이를 숨겨 달라니? 책임지지도 못할 일을 저지르고, 누구에게 위험을 떠넘기려고!"

윤승은 깜짝 놀랐다. 서 사부가 이토록 화내는 모습을 본 적이 없었다. 서 사부의 분노가 세자빈을 향한 것인지 진씨 부인을 향한 것인지 윤승은 구분할 수 없었다. 누가 누구에게 책임지지 못할 일을 저질렀다는 것인지도 알 수가 없었다. 얼떨떨한 얼굴을 한 윤승에게 서 사부가 버럭 고함을 쳤다.

"내가 이래서 높은 분들 말이라 해서 무조건 믿고 거기에 휘둘리지 말라고 하는 것이다. 그들은 우리 같은 사람을 한낱 장기판의 말 따위로 여길 뿐이야! 모름지기 귀하지 않은 목숨이란 없거늘!"

방 안에는 분노한 서 사부의 숨소리만 가득했다. 양양은 더는 못 앉아 있겠다는 듯 조용히 방문을 닫고 나갔다. 어색한 침묵이 꽤 오래 이어졌다.

마침내 서 사부가 자리에서 일어나 차를 우리기 시작했다. 방 안에는 찻잔 달그락거리는 소리만 간간이 들렸다. 윤승은 서 사부의 기세에 눌려 입을 꾹 다문 채 그저 가만히 앉아 있었다. 그런 중에도 "모름지기 귀하지 않은 목숨은 없다."는 서 사부의 말이 자꾸 귓가에 맴돌았다.

'귀하지 않은 목숨은 없다니? 사람 목숨은 다 똑같이 귀하다는 말인가? 위아래도 없이?'

아무리 궁리해도 머릿속에 떠오르는 것은 답이 아니라 또 다른 질문이었다.

"사부님, 귀하지 않은 목숨이 없다는 것이 무슨 말입니까?"

서 사부가 주전자 든 손을 멈칫하고 곧바로 윤승에게 되물었다.

"너는 어떻게 생각하느냐? 정말 그런 것 같으냐?"

윤승은 머뭇거리다 고개를 저었다.

"그럴 리가 없습니다. 사람 목숨이 다 귀하다면 왜 누구는 짐승만도 못한 취급을 받다 죽겠습니까?"

"어떤 사람들은 다른 사람을 복종하게 하여 다스리기 때문이지. 그런데 윤승아, 왜 어떤 사람들은 지배하고 어떤 사람들은 복종해야 하는 줄 아느냐?"

"그거야 당연히…… 태어날 때부터 신분이 정해져 있기 때문 아닙니까?"

서 사부가 차를 두 잔 따라서 찻잔 하나를 윤승에게 건넸다. 서 사부는 차를 한 모금 마신 뒤 입을 열었다.

"네 말이 맞다. 지금은 그렇지. 그런데 앞으로도 그래야 한다고 생각하느냐?"

"예?"

이건 또 무슨 말일까? 지금까지 이렇게 살아왔으니, 앞으로도 똑같이 살 수밖에 없지 않은가. 누가 자기 신분을 바꿔 주기라도 한단 말인가? 타고난 신분보다 아래로 내려갈 수는 있어도 위로 올라갈 수는 없다. 그것이 윤승이 사는 세상이었고 엄혹한 현실이었다.

"나는 모든 사람은 다 똑같이 귀하다고 생각한다. 아니, 나만 그렇게 생각하는 게 아니야."

그 말에 윤승은 또다시 고개를 갸웃했다.

"그러면 또 누가……?"

그때 양양이 문을 열고 들어왔다. 윤승은 하던 말을 멈추고 잠시 기다렸다. 하지만 양양은 혼자가 아니었다. 뒤이어 진씨 부인이 따라 들어왔다. 윤승은 놀라서 자리에서 벌떡 일어났다. 진씨 부인이 윤승을 보고 한걸음에 달려왔다.

"무사했구나, 윤승아. 어디 다친 곳은 없느냐?"

진씨 부인은 윤승을 붙잡고 몸 여기저기를 살폈다.

"전 괜찮으니 걱정하지 마세요."

"정말 다행이다."

그제야 진씨 부인은 조금 안심한 표정으로 약간 떨어져서 윤승을 물끄러미 보았다. 진씨 부인의 눈에 눈물이 고여 있었다. 자기를 진심으로 걱정하는 것이 느껴졌다. 그래도 윤승에겐 지금 꼭 물어봐야 할 말이 있었다.

"이게…… 도대체 무슨 일이에요?"

진씨 부인은 쉽게 입을 열지 못했다. 망설임이 길어지자서 사부가 참지 못하고 진 씨부인을 닦달했다.

"그 말 하려고 여기까지 온 것 아니오? 나도 좀 들어 봐야겠소."

진씨 부인이 숨을 크게 내쉬고 이야기를 시작했다.

"일단 그림 문자에서부터 시작해야겠지. 윤승아, 네가 만든 그림 문자 중 하나는 사실 안부 편지가 아니라 주문서였다."

"주문서라뇨? 그게 무슨……?"

"심양관이 조선에서 사 오려는 물건과 수량을 알려 주는 자수였다는 뜻이다."

"남령초를 주문하려 한 게로군."

서 사부의 목소리가 거친 돌의 표면처럼 까칠했다. 진씨 부인은 서 사부가 남령초에 대해 알고 있는 것에 꽤 놀란 눈치였지만 금세 침착함을 되찾았다. 서 사부가 진씨 부인을 다그쳤다.

"지금 제정신이오? 그것이 얼마나 무모한 짓인지 알고 있소?"

"압니다. 사려는 자가 있으니 구해다 팔려고 했던 것이지요. 유난히 돈을 밝히는 팔왕과 거래해서 은자를 모으는 것, 그것만이 볼모로 끌려온 세자 저하가 이곳에서 힘을 키울 수 있는 방법이니까요."

서 사부가 끙, 소리를 냈다.

자기도 모르는 사이에 밀서를 만들었다는 것도 놀라웠지만, 윤승은 진씨 부인이 서 사부의 호통에 눈 하나 꿈쩍 않고 대꾸하는 것이 더 놀라웠다. 이젠 태 부인의 모함에 호락호락 당하지 않을 만큼 강한 여인으로 보였다.

윤승은 비로소 진씨 부인이 왜 세자빈을 만나려 했고, 팔왕과 거래해야 한다고 세자빈을 설득했는지 이해가 되었다. 심양에서 세자 저하의 입지를 단단히 해 주고, 그를 통해 진씨 부인도 강 대인의 집에서 살아남을 방도를 찾으려 한 것이다. 아니길 간절히 바랐지만 자신의 목적을 위해 세자빈이 윤승을 이용했고 진씨 부인은 그 모든 것을 알고 있었다는 것도.

"나도, 세자빈마마도, 윤승이 너를 위험에 빠뜨리고 싶지 않았다. 그래서 굳이 두 개의 한자를 그림 문자로 만들어 달라고 했지. 네가 아무것도 모른 채 각각의 그림 문자를 만들면 한 군데만 수놓은 남령초 꽃은 별것 아닌 것처럼 보일 거라 생각했다. 게다가 너는 정말 훌륭하게 그 일을 해내지 않았느냐? 나는 이제껏 그렇게 아름다운 자수품은 본 적이 없다. 나와 세자빈마마의 진심만은 믿어다오."

윤승이 뭐라 대꾸하기도 전에 서 사부가 버럭 고함을 쳤다.

"그걸 말이라고! 남령초 꽃이 뭔지도 모르고 수놓았다고 하면, 청 황제가 믿어 줄 것 같소? 이제 이 아이의 목숨이 위험해졌단 말이오!"

윤승의 얼굴이 하얗게 질렸다.

'아까는 내가 누군지도 모르고 병사들이 엉겁결에 쫓아 왔을지 모르지만, 이제는 정말 나를 잡으러 올 거야.'

손이 파르르 떨렸다. 옆에 있던 양양이 그런 윤승의 손을 가만히 잡아 주었다.

"어쩌다 일이 발각된 것이오?"

서 사부가 계속해서 진씨 부인을 몰아붙였다.

"세자빈마마의 명으로 서신과 그림 문자 자수를 들고 조선으로 가던 자가, 그만 압록강 근처에서 첩자에게 걸렸습니다. 정명수가 심어 놓은 첩자였지요."

"정명수는 또 누구예요?"

여태껏 잠자코 듣고만 있던 양양이 물었다. 윤승에게 이런 일이 벌어진 것이 진씨 부인 때문이라고 생각했는지 말투가 앙칼졌다.

'정명수라면, 심양관에서 본 그 남자가 분명해.'

윤승은 심양관에서 세자빈이 정명수라는 남자에게 호통치던 일을 떠올렸다.

"정명수는 조선 출신 역관이다. 지금은 예친왕의 권력을 등에 업고, 용골대(청 태종 홍타이지의 총애를 받던 청나라 장군)와 함께 다니며 떵떵거리고 있지."

"조선 사람이라면서 왜 세자 저하와 세자빈마마를 해치려고 하죠?"

"정명수는 조선인이지만 청나라를 위해 일한다. 자세한 사정은 모르지만 스스로 굴마훈이란 만주식 이름으로 불리길 더 좋아한다더구나. 조선이 전쟁에서 패한 지금이 그자에겐 절호의 기회겠지. 정명수는 곧장 청나라 황실에 심양관 일을 알렸다. 안 그래도 청 황제는 심양관이 재물을 모으는 일을 두고, 명을 도와 청을 공격하려는 것이 아닌가 의심하고 있었어. 그래서 세자 저하께서 황궁에 불려 가신 거야."

윤승은 속으로 한숨을 쉬었다. 자초지종을 알고 나면 속이 시원할 줄 알았는데 도리어 가슴이 답답해졌다. 청나라가 휘두르는 힘 앞에 조선이 꼼짝도 못 하는 것이 노예로 살던 자기 처지와 하나도 다를 게 없었다.

서 사부가 어처구니없다는 표정을 지었다.

"청나라 관리들은 바보가 아니오. 윤승이가 만든 그림 문자를 손에 넣었다면, 그 꽃이 남령초라는 걸 알아차리는 일 또한 시간문제요. 남령초 꽃을 저 아이가 수놓았다는 것도 금세 알아내겠지."

"알고 있습니다. 윤승에게도, 사부님께도 무척 죄송하게 생각합니다. 그래서 급히 윤승이를 숨겨 달라고 부탁드린 것입니다."

"그렇다고 계속 여기 숨어 있을 수도 없는 노릇 아니오? 날이 밝으면 내 제자들은 물론 수를 배우는 조선 양반들도 이곳으로 올 텐데. 대책은 찾았소?"

"도성 밖에 실승사란 사찰이 있습니다. 황궁에서 제법 떨어져 있는 데다 그곳에 강 대인과 친한 스님이 계십니다. 윤승이를 잠시 그곳에 보내 머물게 할 생각입니다."

"실승사? 그래 봐야 심양 땅이지 않소? 병사들이 거기까지 들이닥치면 그땐 어쩔 셈이오? 이 아이가 청나라 영토에 머무는 한 병사들이 땅끝까지라도 쫓아갈 거요."

서 사부의 목소리가 방 안을 쩌렁쩌렁 울렸다. 진씨 부인이 면목 없다는 듯이 고개를 떨궜다. 방 안이 잠시 조용해졌다. 그러자 양양이 나섰다.

"아직 황실에선 윤승이가 수놓았다는 증거를 찾지 못했잖아요. 우리에겐 시간이 있어요, 대비할 시간이요."

서 사부가 고개를 끄덕였고 진씨 부인도 양양의 말에 힘을 얻은 모양이었다. 윤승은 양양이 침착하게 앞으로 할 일을 준비하려는 모습에 놀랐다. 그저 그림 그리기 좋아하는 해맑은 아이인 줄로만 알았는데.

서 사부가 진씨 부인에게 말했다.

"이제 윤승이는 내가 데리고 있겠소. 부인도 인제 그만 돌아가시오. 있어 봐야 별 도움도 안 되니."

사부의 눈치가 보여서였을까, 아니면 윤승에게 미안해서였을까. 진씨 부인은 잠시 망설였지만 어쩔 수 없다는 듯 결국 자리에서 일어났다.

"윤승아, 고생스럽겠지만 조금만 버텨다오. 네가 청나라 병사들에게 잡혀가는 일은 결코 없을 거야. 그 일만은 내가 반드시 막겠다. 알았느냐?"

윤승은 얼빠진 얼굴로 말없이 진씨 부인을 쳐다보았다. 진씨 부인은 그런 윤승을 잠시 바라보다가 방문을 열고 나갔다. 진씨 부인이 나간 뒤 서 사부가 양양에게 말했다.

"일단 하 대인에게 사람을 보내거라. 우리가 가기로 한 시간이 한참 지나 걱정하고 있을 거야. 처음 계획보다 더 빨리 배가 필요한 상황이라고 전하거라."

양양이 알았다며 고개를 끄덕이고 자리를 떴다. 윤승은 그런 양양이 걱정되었다.

"사부님, 양양이 뭘 준비하려는 거예요? 저렇게 혼자 다니면 위험하잖아요?"

"심부름꾼을 보내고 양양은 만수각 안에 있을 테니 걱정할 것 없다. 더군다나 지금 위험한 건 너지 양양이 아니야. 그보다 너랑 좀 더 하고 싶은 이야기가 있는데 들어 보겠느냐?"

"예? 새삼스럽게 왜 그런 말씀을 하시는지 모르겠습니다. 그냥 이야기하시면⋯⋯."

"평범한 이야기를 하려는 게 아니기 때문이다. 이 이야기를 듣고 나면 네 삶은 결코 이전으로 돌아갈 수 없을지도 모른다. 네 선택에 맡기겠다."

얼마나 거창한 일이기에 저런 말을 하나 싶어 쉽게 마음의 결정을 내릴 수가 없었다. 잠깐 망설이는 그 시간이 무척이나 길게 느껴졌다. 이런 상황에서 한가하게 이야기나 나누고 있어도 될까 하는 걱정도 들었지만, 궁금한 마음이 더 컸다. 어쩌면 서 사부가 하려는 이야기는 진씨 부인이 오기 전에 자기가 물었던 그 질문에 대한 답이 아닐까 싶었다. 윤승은 마른침을 삼키고 분명하게 고개를 두 번 끄덕이는 것으로 이야기를 듣는 쪽을 택했다.

서 사부는 방문을 잠그고 창 쪽으로 가서 바깥을 살폈다. 그리고는 짙은 푸른빛의 천을 늘어트려 창문을 모조리 가렸다. 순식간에 방안이 어두컴컴해졌다.

"사부님, 얘기를 하신다더니 창은 왜 가리십니까?"

윤승이 자리에서 일어나며 물었지만 서 사부는 아무 말도 하지 않고 성큼성큼 윤승을 지나쳐 뒤쪽 벽까지 걸어갔다. 커다란 책장을 옆으로 밀어냈다. 책이 가득 쌓인 책장이 저렇게 쉽게 밀린다고? 진짜 서책이 아니었나? 눈으로 보면서도 믿을 수가 없었다.

이윽고 책장에 가려졌던 회색 벽이 드러났다. 서 사부가 벽을 힘껏 누르자, 벽으로만 보였던 곳이 안쪽으로 쑥 들어가면서 비밀 공간이 드러났다. 윤승은 놀라서 헉 하고 숨을 내뱉었다.

"너한테 보여 줄 게 있다."

서 사부는 그 말을 하고 곧 어둠 속으로 사라졌다.

자수로 펼치는 꿈

서 사부는 등잔에 불을 붙이고 계단 아래로 내려갔다. 사방이 벽돌로 된 비밀 공간이었다. 서 사부가 천장에 매달린 줄을 잡아당기자 벽을 가리고 있던 천이 좌우로 갈라지고 자수 초상화가 나타났다.

평범한 사람의 얼굴이 아니었다. 곱슬거리는 긴 갈색 머리에 하얀 얼굴, 깊이 팬 파란 눈, 길고 오뚝한 코. 음영이 들어간 얼굴은 마치 눈앞에서 마주 보고 있는 것처럼 사실적이었고, 금사를 이용해 징금수로 놓은 후광은 아찔할 만큼 눈부셨다. 너비가 오 척(일 척은 약 30.3cm), 높이가 삼 척에 달하는 큰 작품을 이런 신묘한 솜씨로 만든 사람은 서 사부가 틀림없었다.

"이 사람이 누군지 아느냐?"

"모릅니다."

"야소(예수)라는 분이다. 야소님은 모든 사람이 다 귀하다고 하셨지. 황제도 노예도, 남자도 여자도 모두 똑같이. 바로 이 책, 《천주실의》(예수회 선교사 마테오 리치가 한문으로 쓴 기독교 교리서)에 나온 말이다."

서 사부가 옆에 있던 책상 위에서 책을 집어 윤승에게 내밀었다. 윤승은 얼결에 책을 받아 들었지만 책장을 넘길 생각은 하지 못했다. 조금 전까진 자신의 목숨이 위험해졌다며 진씨 부인에게 마구 호통치던 서 사부가 갑자기 무슨 소리를 하는지 이해가 안 되었기 때문이다.

게다가 모든 사람이 똑같이 귀하다니, 그런 말도 안 되는 세상이 대체 어디에 있다는 말인가? 윤승은 서 사부의 말을 믿지 못하면서도 야소의 얼굴에서 눈을 떼지 못했다.

"색목인을 실제로 본 적이 있느냐?"

"본 적 없습니다."

"처음 보면 그 생김새에 깜짝 놀랄 거다. 눈처럼 흰 얼굴에, 부리부리한 파란 눈, 키는 또 얼마나 큰지."

문득 만수각에 처음 온 날 서 사부와 이야기하던 남자가 떠올랐다.

"제가 사부님을 처음 뵌 날, 사부님과 이야기하던 남자도 색목인입니까?"

"그렇지! 너도 그때 보았겠구나. 주문한 자수품을 가지러 왔던 신부님을 말이다."

서 사부는 윤승이 색목인을 본 적 있다는 말에 빙긋 웃었다.

"그럼 이 야소님라는 분도 색목인……?"

"야소님은 색목인들이 믿는 신인(하느님의 아들)이다. 오래전 내가 궁에 있을 때, 탕약망(아담 샬, 독일의 예수회 선교사이자 천문학자)이란 분을 만난 적이 있다. 색목인이었지만 역법(천체의 주기적 현상을 관찰하여 절기를 정하는 법)에 뛰어나 대국에서 큰 벼슬에 오른 분이지. 그런데 하루는 그분이 나를 찾아왔다. 내가 수놓은 황제의 용포를 보고 나를 꼭 만나고 싶었다고 하더구나. 그분이 말씀하길, 서양의 과학 기술은 동양보다 한참 앞서나 예술 문화는 반대라고. 특히 대명의 자수는 그 어떤 것과 비교할 수 없이 아름답다고 하셨지."

윤승은 수긍했다. 서 사부의 작품을 처음 본 사람은 누구나 감탄할 수밖에 없을 것이다. 윤승도 서 사부처럼 수놓는 실력이 뛰어난 사람이 되고 싶다는 생각이 들었다.

"그분이 내게 보여 준 책에는 아름다운 그림이 참 많더구나. 그래서 나는 거꾸로 그분이 왔다는 서쪽에 있는 나라가 궁금해졌다. 그곳에 가고 싶어졌지."

"거기서 무엇을 하시려고요?"

"《천주실의》에 쓰인, 모든 사람이 다 귀하게 대접받는 세상이 정말 있는지 내 눈으로 보고 싶구나."

"하지만 그저 책에 나온 말이지 않습니까?"

"그럴지도 모르지. 그래도 나는 직접 찾아볼 생각이다. 만약 그런 곳에 다다르면 여기서 못다 이룬 꿈을 펼쳐 보려 한다."

"어떤 꿈이요?"

"수놓는 재주는 내가 세상을 살아갈 힘을 주었지만 다른 한편으론 나를 고통스럽게 했다. 그래도 그동안 깨달은 것이 있다. 재주를 갈고닦는 것이 오롯이 나의 책임인 것처럼, 이 재주를 어떻게 사용할지도 내가 결정할 일이라는 것이다. 황제가 시키는 대로 하는 것이 아니라. 그래야 그 꿈이 나의 꿈이라고 할 수 있지 않겠느냐?"

'자수로 펼치는 꿈이라고?'

윤승은 초상화에 눈을 고정한 채 그 말을 속으로 곱씹었다. 정말 그런 일이 가능할까? 모두가 귀하게 대접받는 그런 세상에서 자유롭게 자신의 꿈을 펼치는 일이?

자수에서 없어도 되는 땀은 없다. 땀마다 제 역할이 있어서 어떤 땀이 뜯겨 나가면 구멍이 뻥 뚫릴 것이다. 서 사부가 꿈꾸는 세상이 그런 곳일까? 수많은 땀이 모여 온전한 자수 작품을 이루는 것처럼 한 사람 한 사람이 저마다의 꿈을 펼칠 수 있는 세상, 그 꿈들이 한데 어우러지는 세상?

윤승이 골똘히 생각에 잠겨 있을 때 가림천 너머에서 손이 불쑥 나오더니 양양이 튀어나왔다. 윤승은 깜짝 놀라 하마터면 엉덩방아를 찧을 뻔했다.

"뭐, 뭐야? 너 어디로 들어온 거야?"

"놀랐어? 미안. 이 방은 통로가 두 개야. 난 뒤뜰로 가서 수방 건물 쪽으로 들어온 거고. 별채랑 수방이 있는 건물은 밖에서 보면 한 건물처럼 보이지만, 사실 중간에 이 방이 숨겨져 있어."

양양은 그렇게 대답하고 서 사부에게 말했다.

"아버지, 이제 시간이 없어요. 조금 있으면 동이 틀 거예요. 그때 움직이기엔 너무 위험해요."

"하 대인에게는 답이 왔느냐?"

양양이 고개를 끄덕이고 서 사부에게 서신을 내밀었다.

"조금 전 심부름꾼이 와서 답신을 주고 갔어요. 동이 트기 전까지 혼강 나루터로 오래요. 나룻배가 기다리고 있을 거라고요."

양양은 손에 들고 있던 청나라 모자를 윤승에게 건넸다.

"청나라 옷에 이 모자까지 쓰면 병사들도 널 조선 아이라고 생각하지 못할 거야."

"이제 뒷문으로 나가라. 성문은 닫혔겠지만, 동남쪽으로 좀 더 내려가면 성벽 아래 수문이 있다. 거길 통해 성벽을 빠져나갈 수 있을 거야."

양양이 준 옷을 걸쳐 입으며 윤승은 서 사부가 설명하는 것을 머릿속에 잘 담았다.

"혼강까지 가서 하 대인이 준비한 배를 타기만 하면 그 후엔 안심해도 될 거다. 배가 나루에 도착하면 탕양막 어른이 보낸 사람이 너희를 찾아오길 기다렸다가 움직여라. 내가 수놓은 어르신의 흉배가 징표다."

양양이 눈을 동그랗게 뜨고 되물었다.

"아버지는요? 같이 가시는 거 아니에요?"

"네 말처럼 곧 병사들이 만수각에 몰려올 텐데, 누군가는 남아서 상대를 해 줘야지. 그래야 너희가 도망칠 시간을 벌 수 있지 않겠느냐? 내 걱정은 할 필요 없다. 늦어도 내일 오후에는 배를 타고 뒤쫓아 갈 테니까."

서 사부는 양양에게 등을 건네며 어서 가라고 재촉했다. 양양은 윤승에게 보따리를 주고 등을 받아 들었다. 몇 걸음 걷다 윤승이 뒤를 돌아보았을 때 서 사부는 이미 자리에 없었다.

'부디 조심해서 오세요.'

윤승은 속으로 짧게 빌었다.

만수각 밖은 칠흑같이 어두웠다. 작은 등에 의지한 채 대남문을 향해 빠르게 걸어갔다. 이대로 걸음을 멈추지 않고 성벽까지 곧장 갈 작정이었다. 그러나 절반도 못 가 윤승은 양양을 멈춰 세웠다. 희미하게 땅이 울리는 소리가 들려왔다. 윤승은 주위를 둘러보았지만 텅 빈 어둠뿐이었다.

'잘못 들었나?'

윤승이 다시 가던 길을 재촉하려 양양을 돌아보았을 때였다. 멀리 이글거리는 횃불이 춤을 추고 있었다.

"숨어!"

윤승은 짧게 외치고 양양을 골목 안쪽으로 잡아끌었다. 양양이 얼른 바닥에 주저앉으며 등을 몸으로 가렸다. 얼마 지나지 않아 요란한 말발굽 소리가 나고 땅이 흔들렸다.

"조선인 남자아이를 찾아라! 흰옷을 입고 있다."

말을 탄 병사들이 큰 소리로 외치며 어디론가 흩어졌다.

"널 찾는 게 틀림없어. 최대한 빨리 성벽을 지나가야 해. 날이 밝으면 뱃사공은 우릴 기다리지 않고 가 버릴 거야."

양양의 목소리가 바르르 떨렸다. 나 때문에 양양까지 병사들에게 잡히면 어쩌지? 윤승은 만수각으로 도망쳤던 게 후회스러웠다. 이제 와서 그런 생각을 한들 무슨 소용이겠는가?

어떻게든 무사히 혼강까지 가는 일이 중요했다. 윤승은 절대 양양을 위험에 빠트리면 안 된다고 속으로 다짐하며 말했다.

"샛길을 돌아서 성문 쪽으로 가자. 시간은 좀 더 걸리겠지만 시도해 볼 가치는 있을 거야."

"그래."

양양이 나지막이 속삭이고 바닥에 내려놓았던 등을 다

시 손에 들었다. 골목을 돌아 성문으로 가는 것은 쉽지 않았다. 높은 담 때문에 시야가 막혀 오른쪽으로 왼쪽으로 몇 번 꺾다 보면 금세 방향 감각을 잃었다. 또 한참 걷다 막다른 길을 만나서 간 만큼 고스란히 되돌아 나오기도 했다. 그래도 두 사람은 포기하지 않았다.

마침내 커다란 저택들이 점점 뒤로 물러나고, 낮은 담장의 키 작은 집들이 나오기 시작하자 높은 성곽이 한눈에 들어왔다. 빠른 걸음으로 성벽을 향해 가던 양양이 손으로 어딘가를 가리켰다.

"저기! 수문이 저기 있어!"

윤승은 양양의 손가락을 따라 눈을 움직였다. 성벽 위 횃불 덕분에 아래까지 빛이 비쳤고 곧 부채꼴 모양의 수문을 찾을 수 있었다. 막상 눈으로 보니 생각했던 것보다 너무 작아서 구멍을 지나갈 수 있을지 의심이 들었다.

'어둠에 가려져서 제대로 안 보였을 거야. 저기만 통과하면 나루터까지 갈 수 있어.'

다그닥 다그닥 말발굽 소리가 들려왔다. 시커먼 그림자가 성벽 아래를 왔다 갔다 했다. 소리와 그림자만으로는 청나라 병사들이 모두 몇 명인지 가늠하기 어려웠다. 그때 양양이 윤승의 팔을 붙들고 단호하게 말했다.

"골목 끝에 있는 집 보이지? 저기서 숨을 고르고 성벽 아래까지 뛰는 거야."

"뭐라고?"

"방법이 없잖아. 여기서 이러고 있다 잡히느니 배를 타려는 시도라도 해 보자."

양양의 계획은 무모했다. 하지만 시도조차 안 하고 병사들에게 잡힐 수는 없다. 두 사람은 골목 마지막 집까지 걸어간 다음, 벽 뒤에 몸을 숨기고 목표 지점에서 기마병 둘이 서로 엇갈려 지나가기를 기다렸다.

"지금이야!"

윤승이 외치자마자 두 사람은 자리를 박차고 앞으로 달려 나갔다. 그 순간 병사들이 "웬 놈이냐! 저쪽이다!" 하고 외치는 소리가 들렸다. 윤승은 양양의 손을 잡고 죽을힘을 다해 뛰었다. 수문 앞에 도착한 윤승은 눈앞이 깜깜했다. 창살 사이로 토사가 가득 끼어 빠져나갈 구멍이 없었다. 수문이 작아 보였던 이유가 이거였어? 윤승과 양양은 수문을 통과하지도 그렇다고 다시 위로 올라가지도 못하고 갈팡질팡했다.

난데없이 두두두두 하는 요란한 말발굽 소리가 귓가를 때렸다. 소리가 나는 곳을 쳐다보자 누군가 말을 타고 무서운 기세로 윤승을 향해 달려오고 있었다.

'이제 죽었구나.'

윤승은 본능적으로 양양의 등을 감싸 안고 눈을 감았다. 그런데 윤승의 앞에서 날랜 솜씨로 말을 세운 남자가 말했다.

"진씨 부인이 보내셨다. 어서 말에 타라."

어디서 많이 듣던 목소리였지만 얼굴에 복면을 두르고 있어 누군지 알 수 없었다. 윤승이 머뭇거리자 어느새 발딱 일어난 양양이 윤승을 재촉했다.

"뭐 해? 빨리 타. 일단 여길 벗어나야지."

그러는 사이 칼을 든 청나라 병사들이 코앞까지 달려왔다. 남자가 순식간에 허리춤에서 채찍을 꺼내 휘둘렀다. 휘익 소리를 내며 채찍이 허공을 갈랐다. 잠시 후, 악 하는 비명이 나더니 병사가 손에 들고 있던 검을 떨어트렸다. 그후로도 남자는 몇 번 더 채찍을 휘둘렀고 그때마다 병사가 하나씩 바닥에 나가떨어졌다.

이번에는 청나라 기마병들이 윤승이 있는 쪽으로 달려오고 있었다. 피슝 하고 화살이 날아와 땅바닥에 꽂혔다.

남자가 번개같이 말 위에 올라탔다. 그리고 윤승과 양양을 앞에 태우고 말을 몰기 시작했다. 피잉, 팍! 화살은 계속 날아왔다. 남자는 엄청난 속도로 달렸다. 거센 바람이 얼굴을 때려 눈이 시리고 귀가 얼얼했다.

얼마나 달렸을까. 멀리 대동문이 보일 즈음, 청나라 병사들의 화살 소리도 말발굽 소리도 더는 들리지 않았다. 남자는 대동문 앞에 말을 세우고 윤승과 양양을 내려 주었다. 그러고는 곧장 성벽 아래 숨겨진 구멍을 찾아냈다.

"여기로 나가라."

이렇게 크고 단단한 성벽 아래 개구멍이 있다니 헛웃음이 났다. 윤승은 양양을 먼저 구멍으로 나가게 한 다음 서둘러 쫓아갔다. 뒤를 돌자 남자가 말의 엉덩이를 찰싹 때리는 게 보였다. 말이 히잉 울더니 재빨리 반대쪽으로 달려갔다. 남자는 구멍을 빠져나오자마자 다시 앞장서 걸었다. 양양이 그 옆에 바짝 다가섰다.

"아저씬 누구세요? 누구길래 우릴 도와준 거예요?"

남자가 천천히 손으로 복면을 내렸다.

"부, 부카!"

윤승은 심장이 쪼그라드는 것 같았지만 부카는 아무런

표정의 변화가 없었다.

"진씨 부인이 나에게 성벽 근처에서 기다리다 너희가 위험에 닥치면 구하라고 하셨다. 무사히 배를 탈 수 있게 하라고. 질문은 그만해. 지금은 머뭇거릴 시간이 없다."

윤승은 도무지 뒤따르고 싶지 않은 부카의 등을 보며 억지로 걸음을 내디뎠다.

부카는 어둠 속에서도 정확하게 방향을 찾아냈다. 눈이 아니라 다른 감각으로 길을 찾는 듯했다. 드문드문 보이던 민가가 거의 사라지고 논밭이 죽 이어졌다. 세 사람은 한 줄로 늘어서서 말 한마디 없이 반 시진 동안 걷기만 했다. 그 뒤로 찌르르 풀벌레 소리가 세 사람을 따라왔다.

새벽바람이 불자 비릿한 강 내음이 훅 풍겼다. 뒤이어 쏴아아 하는 소리가 들렸고, 사람 키만 한 갈대가 무성한 갈대숲이 보였다. 갈대숲 한가운데 다다랐을 때 부카가 주위를 한번 둘러보고 걸음을 멈췄다. 부카는 품에서 비단 주머니를 하나 꺼내 윤승에게 건넸다.

"진씨 부인께서 주신 거다."

윤승은 엉겁결에 주머니를 받아 들었지만, 그 안에 든 것보다 부카가 왜 자기를 도와줬는지가 더 궁금했다.

"당신이 여길 왜, 저를…… 왜 도와준, 아니 진씨 부인이 왜 당신을……."

어딘가 고장 난 사람처럼 말이 두서없이 쏟아졌다. 양양이 무슨 일이냐는 얼굴로 윤승을 쳐다보았다. 윤승은 숨을 천천히 내쉬고 다시 입을 열었다.

"어째서 당신이 나를 구하러 온……?"

"아까 말하지 않았던가? 진씨 부인이 보냈다고."

아무렇지 않게 말하는 부카의 태도에 윤승은 화가 났다. 나를 죽도록 때릴 땐 언제고, 어쩌면 저렇게 태연하게 내 얼굴을 보고 말할 수 있지?

"나는 주인께서 시킨 일을 한다. 노예들을 관리하는 게 내 일이야. 얼마 전 대인께서 나를 진씨 부인에게 보냈다. 부인께서 명을 내리셔서 너를 구하러 온 것뿐이야."

윤승은 부카의 얼굴을 바라보았다. 분노가 치밀어 얼굴을 똑바로 보기 힘들었다. 하지만 시간이 조금 흐르자 예전엔 무섭기만 했던 부카에게서, 아무것도 스스로 선택할 수 없는 삶에 갇힌 사람이 보였다. 뒤이어 야소님의 얼굴이 떠올랐다.

사람은 누구나 똑같이 귀하다. 그것이 윤승에게 들어맞

는 말이라면 부카에게도 똑같이 해당하는 말일 것이다. 윤승은 자기의 삶이 지금과 달라지려면 무엇이 필요한지 어렴풋이 알 것 같았다. 자신의 길을 스스로 선택할 수 있는 용기, 어쩌면 그것인지도 모른다.

부카가 고개를 들어 하늘을 보았다. 짙은 남색 하늘이 점점 희뿌옇게 변하고 있었다. 그 사이로 불그스름한 빛이 서서히 존재감을 드러냈다.

"배를 타러 갈 시간이다."

부카가 걸음을 옮겼다. 세 사람이 나루터로 다가가자 방금까지도 보이지 않았던 뱃사공이 갑자기 뛰어나왔다. 뱃사공이 나룻배에 묶인 밧줄을 풀면서 얼른 타라고 말했다. 윤승은 양양과 함께 배에 올랐다. 윤승은 잠깐 망설이다 뒤돌아보며 말했다.

"부인을 잘 지켜 주세요."

만약 진씨 부인을 다시 만난다면 그땐 자기도 지금보다 더 강해져 있을 것이다. 그때까지 진씨 부인이 심양에서 강하게 살아남기를 바랐다.

"네가 걱정할 일이 아니다."

그렇게 말하며 부카는 두 손으로 나룻배를 힘껏 밀었다.

배는 순식간에 강 쪽으로 미끄러졌다. 뱃사공이 때를 놓칠세라 열심히 노를 저었다. 배는 점점 강변에서 멀어졌다. 윤승은 부카가 밀어 준 나룻배 끄트머리를 바라보았다. 부카는 이미 사라지고 없는 갈대밭을, 갈대밭 너머의 심양 도성을, 도성 안 심양관과 만수각을.

"아까 저분이 준 주머니엔 뭐가 들었을까?"

양양의 말에 윤승은 그제야 품에 넣은 비단 주머니를 떠올렸다. 윤승은 주머니를 꺼냈다. 그 안에는 진씨 부인이 쓰던 은비녀와 편지가 들어 있었다. 양양이 편지를 슬쩍 보더니 편지를 가져가 소리 내 읽었다.

부카에게 이 편지를 받았다는 건 무사히 나룻배를 탔다는 뜻이겠지. 너를 처음 본 날, 네가 나비를 수놓던 모습이 눈에 선하다. 정말 탄복할 만한 재주였다. 비록 조선에서도, 심양에서도, 재주를 다 펴지 못했지만 앞으로 네가 가는 곳에서는 마음껏 네 재주를 펼치면 좋겠구나. 비녀는 노자 대신 넣은 것이니 기회가 닿는 대로 은자로 바꾸어 사용하도록 해라. 그리고……

양양은 거기까지 읽다가 갑자기 고개를 들고 윤승에게 말했다.

"주머니 안에 뭐가 더 있다는데?"

"그래?"

윤승은 주머니를 뒤집어 흔들었다. 기름 먹인 종이로 얇게 싼 물건이 툭, 하고 바닥에 떨어졌다. 기름종이를 펼쳐 보던 윤승은 그대로 고개를 떨궜다. 후드득, 눈물이 윤승의 얼굴을 타고 흘러내렸다.

기름종이 안에는 수놓은 비단 조각이 하나 들어 있었다. 검은 점이 콕콕 박힌 앙증맞은 노란 나비. 누나의 자수였다. 가슴이 먹먹할 정도로 아팠다. 윤승이 손에 든 자수를 보던 양양은 다시 편지를 읽기 시작했다.

"평양…… 이라는 곳에서 누나를 찾았대. 관기들을 위해 옷을 지으며 지내고 있다고."

윤승은 손등으로 눈물을 닦으며 고개를 끄덕였다.

'정말 누나가 어디 있는지 알아봐 주었구나.'

세자빈마마에게 고마운 마음이 들었다. 무슨 일이 있어도 윤승이 청나라 병사에게 잡히지 않게 하겠다던 진씨 부인도, 목숨을 걸고 자기와 양양을 지켜 준 서 사부도. 덕분에 누나를 볼 수 있다는 희망이 생겼다.

윤승은 몸이 약한 누나가 꽁꽁 언 압록강을 건너지 않아서, 눈보라가 휘몰아치는 요동 벌판을 건너지 않아서 다행이라고 생각했다. 지금은 자기가 누나에게 갈 수도, 누나가 자기에게 올 수도 없지만 살아 있다는 사실을 안 것만으로도 위로가 되었다.

"배에서 내리면 우리가 어디로 가게 될지는 나도 몰라. 어쩌면 아버지는 이참에 심양을 떠나자고 할 수도 있어. 아니, 아예 대국을 떠날 수도 있고."

윤승은 그 말을 듣고 놀라지 않았다. 이미 서 사부의 말을 듣고 짐작하고 있었기 때문이다. 놀라운 것은 양양의 다음 말이었다.

"아버지가 그런 마음을 품게 된 건 가족을 잃었기 때문이야. 자기 재주 때문에 가족이 화를 입었다고 자책하셨어."

"그게 무슨 말이야?"

"아버지가 혼자 북경으로 가서 황실을 위해 수를 놓았다는 말 기억나? 그때 직조국 관리가 우리 가족에게 쌀을 주기로 약속했거든. 아버지는 황실 자수장이 된 뒤로 오랫동안 고향에 가지 못하셨으니까."

"왜?"

"묘족은 오랫동안 명나라에 반기를 들어서 요주의 대상 이었거든. 직조국 관리는 아버지가 묘족 출신이라고 사실 대로 말하면 황실의 오해를 살 거라고 했대. 이 년 전, 엄마 가 병으로 세상을 떠나자 아버지는 다 그만두고 고향으로 돌아가기로 결정했어. 그런데 막상 가 보니까 가족을 찾을 수가 없었어."

"어째서?"

"수소문한 끝에 조부모님이 병으로 돌아가셨다는 걸 알 게 되었지. 형제자매들은 끝내 행방을 찾지 못했어. 아버지 는 가족이 받기로 약속한 쌀을 그 직조국 관리가 모두 가 로챘다는 걸 알게 됐지."

"뭐? 어떻게 그럴 수가 있어?"

"대국 황실엔 부패한 관리가 많아. 아버진 고향에 머물 기도 싫고, 황실이 있는 북경으로 돌아가기는 더더욱 싫다 고 하셨어. 그래서 우린 북경을 떠나 한동안 여기저기 떠돌 아다녔어. 시간이 흐르고 아버지는 다시 수를 놓기 시작했 어. 제자들도 가르쳤고. 그러다 탕약망 어른을 만난 거야."

윤승은 그제야 왜 서 사부가 남다른 선택을 하고 그런

꿈을 꾸게 되었는지, 자기를 이렇게까지 도와주었는지 알
수 있었다.

"넌 사부님이 대국을 떠나겠다고 하셨을 때, 어땠어?"

"처음엔 놀랐지. 아버지를 따라 낯선 곳으로 간다는 게
겁나기도 했어. 그냥 심양에서 살면 안 되냐고 아버지를 설
득하기도 했지. 그런데 얼마 전부터 생각이 달라졌어."

"어떻게?"

"괜찮을 수도 있겠다 싶어. 너와 함께 간다면."

양양은 싱긋 웃었다. 그 웃음이 윤승을 설레게 했다. 그
래서 윤승도 따라 웃었다.

"그곳에서 나는 그림을 그리고, 너는 수를 놓고. 우리만
의 꿈을 펼칠 수 있을 거야."

꿈이라는 말에 가슴이 두근거렸다. 우리만의 꿈. 윤승은
그 말을 한 번 더 속으로 되뇌었다. 가슴이 쿵쿵 뛰기 시작
했고 그 느낌은 오래도록 사라지지 않았다. 사라지기는커
녕 알 수 없는 감정이 잇따라 솟구쳤고 점점 가슴이 벅차
올랐다. 그것은 윤승이 태어나서 처음 가져 본 자기 삶에
대한 기대감이었다.

한 땀 한 땀 수를 놓아야 하는 자수처럼, 내가 선택한 것

을 이루기 위해 한 걸음 한 걸음 나아가다 보면 꿈꾸던 것을 이루고 언젠간 누나도 만날 수 있을 것이다.

하늘 높이 떠오른 해가 빛을 뿜어냈다. 강렬한 빛의 줄기는 뭉게구름을 만나 주변으로 따스하게 퍼져 나갔다. 따스한 햇살을 머금은 강물이 온 힘을 다해 빛을 반사했다. 반짝이는 강물을 보며 윤승은 두 팔을 펴 뒤에서 불어오는 바람을 느꼈다. 바람은 부드러우면서도 힘 있게 윤승과 양양을 실은 배를 강 저 너머로 데려다주었다.

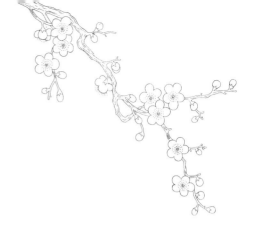

작가의 말

　우연한 기회에 '안주수'를 알게 되었다. 안주수는 평안 북도 안주 지방에서 만든 수를 일컫는다. 놀라운 것은 남성 장인들이 전문적으로 수를 놓았다는 점이다. 이들은 여럿이 모여 높이가 2m에 달하는 화조도(꽃과 새를 소재로 한 그림), 경직도(농사짓는 일과 누에 치고 비단 짜는 일을 그린 그림) 병풍을 주로 만들었다. 특히 화조도는 화려하고도 대담한 기상이 잘 드러나 왕실과 사대부 가문에서 인기가 많았다.

　어쩌다 안주 지방에서는 규방 예술인 자수를 직업으로 삼은 남성 장인 집단이 등장했을까? 여러 가지 이유가 전해지는데, 그중 하나는 병자호란 때 볼모로 심양에 끌려간 양반의 수행원이나 호위 무사들이 무료한 시간을 버티기 위해 자수를 배웠다는 설이다.

머릿속에서 상상이 펼쳐졌다. 만약 끌려간 사람이 양반이 아니라 평민이었다면? 어른이 아니라 소년이었다면? 그 소년에게 자수에 뛰어난 재능이 있었다면, 어떤 일이 벌어졌을까? 꼬리를 물고 이어지는 상상 속에서 이야기가 꿈틀대기 시작했다.

이야기의 배경은 병자호란이다. 당시 기울어 가던 명나라와 강대국으로 급부상한 청나라 사이에 끼인 채 급변하는 국제 정세를 읽지 못한 조선은 청나라의 침략을 피할 수 없었다. 결과는 끔찍했다. 수많은 백성이 포로가 되어 압록강을 건너다 얼어 죽고, 요동 벌판을 건너다 굶어 죽거나 맞아 죽었다. 수많은 조선 여인들이 청나라인의 첩으로 팔려 갔다.

고작 열다섯이었던 윤승에게 전쟁은 더욱 가혹했을 것이다. 어떻게든 살아남아 누나를 찾고 싶었던 윤승은 진씨부인이 자신의 재주에 주목하자 더욱더 자수에 매달린다. 하지만 애를 쓰면 쓸수록 일이 꼬이고 희망은 멀어진다. 그때 윤승에게 새로운 길이 열린다. 그것은 윤승이 기대했던 것과는 전혀 다른 모습이었지만 윤승은 기꺼이 새로운 길을 선택한다.

나는 윤승을 통해 우리가 가야 할 길은 하나만 있는 것도 정답이 정해져 있는 것도 아니라는 것을 말하고 싶었다. 물론 윤승은 허구의 인물이고 병자호란은 역사 속 전쟁이다. 하지만 우리 모두 윤승처럼 헤쳐 나갈 고난이 있고, 이루고 싶은 꿈이 있지 않은가. 윤승이 펼쳐 나갈 꿈과 윤승의 이야기를 읽어 준 독자 여러분의 꿈을 힘껏 응원한다.

박세영

바다로 간 달팽이 024

수를 놓는 소년

1판 1쇄 발행일 2023년 10월 16일
글쓴이 박세영 **펴낸곳** (주)도서출판 북멘토 **펴낸이** 김태완
편집주간 이은아 **편집** 김경란, 변은숙, 조정우 **디자인** 안상준 **마케팅** 강보람, 민지원, 염승연
출판등록 제6-800호(2006. 6. 13.)
주소 03990 서울시 마포구 월드컵북로 6길 69(연남동 567-11) IK빌딩 3층
전화 02-332-4885 **팩스** 02-6021-4885

bookmentorbooks.co.kr   bookmentorbooks@hanmail.net
bookmentorbooks__   bookmentorbooks

※ 이 도서는 한국출판문화산업진흥원의 '2023년 우수출판콘텐츠 제작 지원'사업 선정작입니다.
※ 잘못된 책은 바꾸어 드립니다.

ISBN 978-89-6319-530-8 43810